DESPROGES EST VIVANT

Avant d'entamer une carrière journalistique, Pierre Desproges multiplie les expériences professionnelles : vendeur d'assurance vie, directeur commercial d'une société, pronostiqueur. Ce n'est qu'au sein du journal *L'Aurore* qu'il révèle ses talents en tant que journaliste stagiaire. Il y lance d'ailleurs une nouvelle chronique dont le principe repose sur la reprise d'informations d'actualité accompagnées de quelques commentaires personnels. Ambitieux, il souhaite intégrer le monde du petit écran, volonté qu'il concrétise sur Antenne 2 dans une émission de Jacques Martin, « Le Petit Rapporteur ». Pierre Desproges apparaît également sur scène lors de la première partie du spectacle de Thierry Le Luron à l'Olympia. Cette rencontre le mène sur les ondes de France Inter dans « Le Luron de Midi ». Il revient entre-temps sur la scène en 1984 lors de son premier one-man show au théâtre Fontaine, qu'il emmène un peu partout sur les routes de France pour plus de deux cents représentations. En 1986, il présente chaque jour ses « Chroniques de la haine ordinaire », émission qu'il animera deux ans durant. Pierre Desproges s'éteint en avril 1988 des suites d'un cancer.

DESPROGES EST VIVANT

UNE ANTHOLOGIE
ET 34 SALUTS À L'ARTISTE

Préface de François Rollin

INÉDIT

Éditions Points

Extraits de l'anthologie rassemblés par Damien Panerai.

Pour cette édition
ISBN 978-2 7578-0853-5

Le titre est une trouvaille des *Inrockuptibles.*
Merci à eux.

Sommaire

34 saluts à l'artiste

L'œuvre édifiante de l'excellent Pierre Desproges classée en 24 rubriques rigoureusement fantaisistes et très indispensables

Préface

François Rollin

« Non non, mais attendez, là ! ça n'a pas deux sous de bon sens, ce que vous êtes en train de faire : souhaiter un bon anniversaire à un mort ! ? !... collecter des témoignages pour lui faire une fête ! ? !... C'est délirant ! il est mort, votre Desproges, totalement mort, il ne vous voit plus, il ne vous entend plus, il ne pense plus et ne parle plus, depuis vingt ans déjà, et votre affaire ne le fera pas revenir, même une journée, même une heure, même trois secondes. Il est mort, et il est comme tous les morts : parti pour toujours, structurellement absent. Alors à quoi ça rime de lui adresser votre petit bouquin ! ça n'a pas de sens, décidément ! Ou alors c'est pour faire plaisir à sa veuve et à ses enfants ? C'est gentil, mais c'est niais ! Soyez rationalistes comme Desproges l'était : il est mort, "foutez-lui la paix", pour reprendre le dernier mot de Léautaud ! Votre démarche est absurde à pleurer ! »

Je peux répondre ? Oui ?

Alors je vais vous surprendre, mais je me permets de vous contredire sur toute la ligne. Si ! ça a un sens, notre aventure ! ça en a même beaucoup ! Pour ne rien vous cacher, ça déborde de sens ! Il y a, bien entendu, l'idée de faire éventuellement plaisir à la famille du disparu, mais c'est ce que j'appellerai un bénéfice collatéral, ce n'est pas l'essentiel. L'essentiel réside dans la cohésion particulière inhérente au nœud borroméen, ce nœud composé de trois cercles, entrelacés de telle manière que le fait d'enlever l'un quelconque de ces trois cercles libère les deux autres, et donc détruit le nœud. Vous avez reconnu, évidemment, la représentation de l'individu théorisee par Jacques Lacan – tiens, je me demande ce que Desproges pensait de Lacan ; il devait être partagé, car il ne pouvait pas ne pas brocarder le jusqu'au-boutisme jargonnant caractéristique du bonhomme, mais ne pouvait pas non plus être insensible à la lumineuse intelligence du propos –, représentation qui nous structure, tous autant que nous sommes, en trois « étages » : le réel, le symbolique et l'imaginaire. Supprimez l'un quelconque de ces étages, et l'édifice s'effondre piteusement. C'est ainsi structures que nous nous adressons à Desproges à l'étage du réel, Desproges est mort, c'est tout a fait vrai, et du reste tous les signaux convergent (notamment le fait incontestable qu'on ne voit plus Desproges en chair et en os), ce qui confirme qu'on est en présence du réel ; à l'étage du symbolique, nous avons conservé la trace de Desproges, ses enregistrements, mais surtout ses écrits, suites de symboles graphiques généralement intelligibles ; et voilà comment, à l'étage de l'imaginaire, qui n'est pas le moins noble, nous sommes parfaitement autorisés à nous adresser à Pierre, à fêter son anniversaire aussi joyeusement que s'il était vivant, ou, mieux encore : à fêter son anniversaire joyeusement, CAR il est vivant. CQFD, et le nœud tient.

Passé ce préambule, il me tient à cœur d'évoquer la question de la postérité. Je n'ai rencontré qu'une fois dans ma vie la femme de Desproges (je rechigne, Dieu sait pourquoi, à dire « la veuve »), qui se prénomme Hélène, et elle m'a dit cette unique fois-là quelque chose qui m'a réconforté : que Pierre, tout modeste qu'il était – et il l'était, je l'atteste –, pressentait que son œuvre (ses travaux, ses bouquins, ses blagues, ses idées, ses textes... mais pourquoi ne pas dire « son œuvre » ?) lui survivrait ; qu'il avait, en pleine lucidité, assuré sa femme et ses filles que, par le truchement des droits liés à cette œuvre, elles seraient pour assez longtemps à l'abri du besoin.

Desproges était tout sauf prétentieux, tout sauf confiant ou content de lui ; il n'évoquait pas, en dehors du cercle de ses intimes, la question de l'après ; il savait pourtant, confusément, que sa prose resterait après lui, et il n'est sans doute pas exagéré de dire qu'il l'avait produite en pensant « aussi », humblement mais effectivement, fugitivement mais pertinemment, à une forme de postérité.

Pourtant, lorsqu'on évoque aujourd'hui, en présence de prosateurs et autres créateurs vivants, cette question de la postérité, on est facilement taxé de mégalomanie. « Pour qui te prends-tu, demandent les plus courtois ? Contente-toi de satisfaire tes contemporains si tu le peux, et dépars-toi de cette folle prétention à la postérité ! »

Je ne suis pas d'accord. Je tiens, au contraire, que la calme préoccupation de sa postérité est, pour un créateur, un gage de responsabilité, et non un signe de prétention. Je connais des montagnes de blagues dont les blagueurs se seraient sagement abstenus s'ils avaient eu le sain réflexe de se demander de quoi la blague aurait l'air, demain, après-demain, l'année prochaine, dans quinze ans, après moi… Faire de l'art, c'est, bien souvent, avoir un temps d'avance : il est d'autant moins indécent de se demander, tranquillement, ce qu'il adviendra de notre « production » lorsque nous ne serons plus là pour la défendre, bec et ongles, au micro de quelque Michel Drucker. Je l'écris comme je le pense . ni Balzac, ni Schubert, ni Van Gogh, n'auraient si bien résisté aux modes et au temps qui passe s'ils n'avaient pas eu la conscience de leur responsabilité, la conscience d'œuvrer pour un peu plus loin que le bout de la rue et que la fin du jour. Ainsi, évoquer la postérité, la taquiner par avance, ne m'apparaît pas comme une faute de goût, mais comme un devoir. Et l'aventure de Desproges me donne raison, et vous pouvez tous, vous, les contempteurs de l'humanisme opérationnel, aller vous rhabiller. Lorsque Pierre Choderlos de Laclos, entreprenant l'écriture des *Liaisons dangereuses*, avouait vouloir « faire un ouvrage qui sortît de la route ordinaire, qui fît du bruit, et qui retentît encore sur la terre quand [il y aurait] passé », il était dans le vrai. Il ne se la pétait pas le moins du monde. Il agissait en artiste complet et responsable. Et en plus il s'amusait bien, car l'humanisme et la responsabilité n'excluent pas le plaisir.

Ces comptes étant réglés, que la fête commence ! Ils ont répondu « présent » à l'invitation, les amis de Desproges – les anciens amis et les nouveaux amis, unis dans la même chaleureuse admiration –, et ils vous attendent dans les pages suivantes, avant que le copain Pierre, à la fin du bouquin, ne nous en repousse une petite… ou deux ou trois. Ils sont venus, chacun avec un petit cadeau de sa fabrication : le lecteur triera les plus riches des plus modestes, les plus généreux des plus radins. Qu'importe ! C'est, sans le moindre doute, l'intention qui compte. Et j'ai, personnellement, en tant que maître improvisé de cérémonie, une joie égale à découvrir la présence de chacune et chacun, et la teneur de son cadeau particulier. Je les embrasse tous, et je vous invite à faire de même.

Pierre détestait les embrassades et les effusions, mais il a promis, pour cette fois, de ne pas nous gronder.

34 saluts
à l'artiste

Albert Algoud

Je n'ai jamais lu une seule ligne de Desproges. N'en déplaise aux intégristes du grand humoriste – il y a des intégristes partout –, je n'ai jamais ouvert son *Manuel de savoir-vivre à l'usage des rustres et des malpolis,* pas jeté un œil sur *Vivons heureux en attendant la mort,* même pas feuilleté le *Dictionnaire superflu à l'usage de l'élite et des bien nantis.* Je ne l'ai pratiquement jamais vu non plus de son vivant à la télé, que ce soit dans *Le Petit Rapporteur,* ou dans *La Minute nécessaire de monsieur Cyclopède.* Ce n'est qu'assez récemment, dans des images d'archives, que j'ai pu m'enchanter de ses trouvailles formidables, rire aux larmes de ses duos avec Daniel Prévost. La raison de cette longue cécité ? J'ai tout simplement arrêté de regarder la télé à treize ans, quand les parents de mon copain Didier Parmentier, chez qui, le jeudi, j'allais voir *Ivanhoé* et *Zorro,* ont déménagé. Je l'ai regardée à nouveau quand je me suis acheté un téléviseur, en 1987, un an avant d'être engagé à Canal + comme nègre et gribouilleur à tout faire, passant directement, en une fabuleuse accélération spatio-temporelle, de l'ère de Jean Nohain à celle des Nuls. Que les puristes desprogiens se rassurent cependant : Desproges, si je ne l'ai ni lu ni vu, je l'ai en revanche beaucoup entendu !

Je l'ai écouté pour la première fois en 1980. À l'époque, j'étais prof de français au pays de l'extrême goitre, au fin fond de la Haute-Savoie. Sur mon autoradio branché sur France Inter, à midi, j'écoutais le plus souvent possible *Le Tribunal des flagrants délires*, émission présidée par Claude Villers (gloire à ce grand homme de radio qui sut revivifier le vieux concept du procès radiophonique), avec Luis Rego en avocat (« De quoi est-ce qu'on accuse-t-on mon client ? ») et Pierre Desproges, qui commençait toujours son réquisitoire par : « Françaises, Français ; Belges, Belges ; public chéri, mon amour… » La formule m'avait tout de suite accroché l'oreille. La suite était un crescendo délectable dans la drôlerie, un enchaînement de formules magiquement iconoclastes, servies par un phrasé qui tout de suite me plut, car dépourvu de ce maniérisme propre aux humoristes du micro, qui trop souvent appuient leurs effets en forçant la voix là où ils sont persuadés d'être drôles. Traquant sans répit la connerie, débusquant la tartufferie même sous ses formes les plus séduisantes, ce drôlissime procureur m'a procuré des fous rires qui manquèrent m'envoyer ravi au ravin sur la route de montagne qui me conduisait d'Annecy à La Roche-sur-Foron !

Outre ces moments de totale rigolade, Desproges m'a redonné l'envie de faire de la radio, envie que j'avais eue, adolescent, sans croire que cela serait un jour possible, en écoutant Pierre Dac et le génial Francis Blanche, puis Jean Yanne, et Gérard Sire (ce dernier étant trop souvent oublié par les historiens de la radio). Tous ceux-là sont à jamais statufiés dans mon panthéon radiophonique, mais c'est à Desproges que je dois d'avoir ravivé cette envie folle de laisser libre cours à ma fantaisie avec un micro, puis devant des caméras. En 1982, alors que *Le Tribunal des flagrants délires* tourne à plein régime, les ondes deviennent accessibles à ceux qui veulent créer leur radio. Merci Mitterrand, on te doit bien ça ! À Annecy, le hasard de rencontres heureuses me conduit dans l'unique studio de Contrebande, une radio vraiment digne de l'adjectif « libre », trop souvent usurpé par des fréquences d'une pitoyable banalité. Un seul équivalent me vient à l'esprit : Carbone 14.

Dans ce délirant labo savoyard, j'ai appris énormément de choses qui m'ont servi par la suite. Reconnaissance éternelle ! Desproges, évidemment, était admiré par tous mes camarades. Ce qui ne veut pas dire que nous cherchions à l'imiter, ce qui aurait été le comble de la nazerie niaise.

Tout ça pour dire que me font bien marrer certains « voleurs de gloire », à l'occasion « négriers », qui, confondant rapine et inspiration, prétendent avoir été influencés dans leur style, et dans leur manière de faire de l'humour, par Desproges. Comme si l'humour relevait de formules !

Dans un autre genre, le sarcophage d'Audiard a lui aussi été visité par de rusés pilleurs de tombes… Je sens là comme un aveu d'insincérité, celui d'une indigence, d'une inaptitude à une vision comique du monde vraiment originale et personnelle.

Ce qui est réjouissant dans tout ça, c'est que, maintenant, je vais enfin pouvoir lire les bouquins de Desproges !

Alexandre Astier

« Cher Monsieur Desproges,

Nous ne nous connaissons pas ; croyez bien que je le regrette.

J'éviterai le pénible exercice du curriculum en profitant de ma récente rencontre avec votre prestigieux collègue de naguère, monsieur Prévost Daniel, pour vous dresser un court portrait par bande de billard.

Sachez que monsieur Prévost adore ma série télévisée, même si – il en convient lui-même – il n'en a jamais vu la moindre image, refusant fermement de pousser plus avant que le générique début, dont il trouve le lettrage "trop marron". Sur le plateau du film que nous tournons ensemble, il se montre vivement intéressé et me hèle régulièrement depuis l'autre bout du décor, m'appelant alternativement "tas de merde" ou "fumier". Vous qui le connaissez bien saurez lire entre les lignes, tout comme – si vous étiez là – vous corrigeriez de toute évidence son systématique "connard de jeune" en "prometteuse émergence", cela va sans dire.

C'est donc idéalement chaperonné que je viens vers vous, Monsieur Desproges, avec dans ma musette ni plus ni moins que des excuses. Car je vous en dois, pour vous citer régulièrement en exemple, sans votre consentement. Je m'explique.

J'aime *Jackass*.

Et cela ne vous dira rien. Pas plus que les noms de Johnny Knoxville, Bam Margera et autre Preston Lacy… Il s'agit d'une bande de jeunes et joyeux cascadeurs américains, pratiquante de l'humour stupide et collégien, qui inonde la planète des versions filmées de ses imbécillités pas méchantes. Des imbécillités qui font rire. Ou plutôt – pour employer une tournure de mauvais critique – "qui n'ont pas d'autre ambition que celle de nous faire rire". Car je préfère être direct, Monsieur Desproges, l'homme de goût français a malheureusement conservé cette étrange marotte de considérer la comédie comme une ambition insuffisante, un cri strident et populo de harengère à moustaches, un pet. À moins d'être italienne et des années soixante, ou bien juive et new-yorkaise, ou à l'extrême limite d'un cirque volant de la BBC, la pauvre comédie, bonne ou mauvaise, incite toujours son spectateur à s'excuser de l'avoir reluquée ; ne me demandez pas pourquoi.

C'est ainsi que les excentricités de *Jackass* agacent. Knoxville agace, quand il referme brutalement un dictionnaire à l'intérieur duquel il avait inséré les parties génitales de son camarade. Steve-O agace, lorsqu'il plonge dans une eau infestée de requins avec le slibard bourré de crevettes. Margera agace, quand il amène un crocodile véritable dans la cuisine de sa mère

Oh, j'aimerais que vous les eussiez vus, Monsieur, tantôt fiers de leur nouvelle blague, tantôt fatigués d'avance à l'idée de s'y prêter... Mais tandis que les petits gars se marrent de bon cœur, l'intelligence convenue s'accorde à disgracier les gamins. On soupçonne la décadence, on déniche la facilité, on invoque la sous-culture..., on s'indigne. Et j'ai beau pester, repester et empester, pas moyen d'obtenir gain de cause ! Je colle pourtant le doigt sur le manifeste besoin vital de *Jackass* de se dresser contre le bon penser américain et sa maladive précaution – cette même précaution dont Brel disait qu'il n'existait rien de pire –, je me fais proprement rembarrer.

Alors, alors seulement, je vous jure ! je sors ma botte secrète, mon imparable, mon imprévisible... "Et quand Desproges et Prévost se battent à coups de boudin blanc dans une charcuterie, que je fais, avant de s'en prendre à une vieille et de feindre de se péter la gueule sous prétexte de l'aider à sortir de la boutique sans glisser sur la bidoche éparpillée ? Elle est où, au juste, la différence ? Où elle est, l'autre ambition que celle de nous faire rire ?"

Je ne sais pas bien ce qui leur cloue le bec, exactement. La réflexion, probablement. Il est des intellectuels dont l'activité cérébrale met en panne le reste du système : la bouche s'entrouvre, l'œil se fait vitreux, et on pourrait presque voir sous la peau de leur front plissé la scène de la charcuterie repasser au ralenti, et la part de synapses disponibles s'agiter frénétiquement : "Le boudin blanc, la bagarre, la vendeuse, la vieille… Vite, vite ! Quelque chose ! Une référence ! N'importe quoi !" Mais non, pas de Victor Hugo, pas de Ionesco, même pas un tout petit Sacha Guitry à se coller sous la dent. L'humour stupide et collégien. L'imbécillité pas méchante. Rien.

Juste la gigantesque, la titanesque ambition de nous faire rire.

Ah, je vous laisse ! J'entends Daniel qui m'insulte !

Pour me faire pardonner, je vous envoie les DVD de *Jackass*.
Bisou.

A. »

Guy Bedos

« Desproges. Pierre, pour moi. Intimes. À la ville comme à la scène. Avant chacun de nos nouveaux spectacles, nous nous lisions nos textes. Nous nous écoutions. Réserves, conseils ou compliments, nous prenions tout. Quel bonheur !

Nous avions en commun d'avoir nos têtes, tous les deux. C'étaient souvent les mêmes. Il avait écrit de quelqu'un qu'il appréciait – je cite de mémoire : "Cet homme-là ne devrait jamais mourir." C'est celui qui l'a dit qui y est. Malin. Depuis vingt ans, il n'y a pas de jour où je n'ai pensé à lui.

Nous avions fondé une société d'admiration mutuelle. Il me faisait rire, je le faisais rire. Le monde était pour nous un grand bahut dont nous serions les cancres moqueurs. Ne jamais assassiner l'enfant que nous avons été. C'était notre slogan. Et ce con qui s'en va. Malin. Dans un tiroir secret, j'ai planqué la liste de ceux dont je me serais habitué à ce qu'ils partent avant lui.

Moi, l'artiste "engagé", lui, qui se voulait "dégagé" il n'était pas écrit que nous deviendrions amis. Il se moquait de moi, parfois. Je lui passais tout. Il avait le droit. Il avait la grâce.

Ma plus grande fierté reste de l'avoir – un peu contre son gré – poussé sur scène. C'était drôlement bien parti. Mais le meilleur de sa carrière de "tourlourou", comme il disait avec un brin de hauteur, aura été posthume.

Tu me manques, Pierre.

À bientôt,

Guy. »

Cédric Ben Abdallah,
dit « Ben »

« Cher Pierre,

Je vous écris cette lettre de Paris, où la situation ne s'améliore pas. Les Schtroumpfs ont gagné du terrain et nous n'avons plus aucune nouvelle de Gargamel depuis fort longtemps. Il n'est d'ailleurs pas impossible que cette lettre tombe entre des mains ennemies avant qu'elle ne parvienne entre les vôtres. C'est pourquoi je resterai discret sur les informations que vous m'avez demandé de vous communiquer : nous ne sommes plus que deux, regroupés dans la pharmacie de la rue Boileau, pas très loin de la Porte d'Auteuil.

Notre seul espoir, maintenant, se trouve en province, où différentes communautés se réunissent pour exprimer leur grogne. Des canards ont été aperçus du côté du Limousin. L'un d'eux aurait déclaré "coin-coin-coin, coin-coin-coin"... Mais ses propos ont été détournés par la presse pour mener à bien une opération promotionnelle sur le foie gras. Je compte sur vous pour organiser la coordination des lapins et autres petits rongeurs.

Dorénavant, communiquons par code, c'est plus sûr. La transposition graphique est une technique très utilisée dans les milieux de CP et CE1. Je nous propose donc d'acheter des crayons de couleur. En plus, dessiner nous distraira, parce que je ne vous cache pas qu'on s'emmerde un peu.

Il nous est très difficile de sortir. D'une part, parce que la population civile a du mal à comprendre notre passion pour l'exhibitionnisme, d'autre part, à cause de la météo. Il fait vraiment un temps de merde ! Et les Schtroumpfs font courir une rumeur comme quoi nous aurions le nez qui coule... Inutile de vous dire que nous attendons du renfort.

Je vous joins également une liste de quelques vivres qui pourraient nous être utiles : du pâté en croûte, des nouilles et des choux de Bruxelles. Mettez nous aussi quelques fruits et des saucisses... deux tranches de jambon, deux cents grammes de piémontaise et des yaourts. Et puis ça devrait aller jusqu'à la fin de la semaine. Enfin, c'est ce que dit mon horoscope...

J'espère vous revoir très vite. Mais pas trop quand même.

Ben. »

Jackie Berroyer

On sent l'aigreur : à la Grande Librairie, tapi dans l'ombre, je surgis dès qu'un consommateur tend la main vers un livre de Desproges. Je lui mets une claque derrière la tête : « Vous êtes à la lettre D, idiot ! » Berroyer, c'est là, un peu avant dans le rayon. Allez, reculez ! mais non, ce n'est pas une insulte. Laissons de côté le C, allons pour l'instant à B, âne que vous êtes ! B comme Béline, Bateaubriand, et surtout Berroyer. Je ne suis même pas sûr que vous m'y trouverez. Il faut me commander. Sans vouloir vous commander, commandez-moi, faites l'effort ! Ne soyez pas des raflés culturels. Je ne tarderai pas à disparaître. Mais je suis encore de ce monde, avec un loyer à payer, des médicaments, des filles à sortir, des charges de toutes sortes, malgré ma volonté de décroissance. Vous allez me faire le plaisir de vous arrêter à mes œuvres. Ce que je fais, vous verrez, n'est pas géant. Mais non, je ne suis pas modeste : géant, j'ai mesuré, c'est plus grand que moi. Je ne suis pas mieux que Desproges. D'ailleurs, je suis là pour le fêter. Mais je suis mieux tout de même que bon nombre de blagueurs qui nous portent à dire qu'un Desproges nous manque. Si un Desproges vous manque, achetez-moi vivant. D'ailleurs, François Rollin me disait, à propos de notre héros, que ses gloire et fortune sont surtout posthumes. Ça ne va pas recommencer ! Pierre Desproges, belle méchanceté, joli sens de l'absurde. Il s'est beaucoup attaqué à la bêtise. Puis la maladie l'a bêtement attaqué. On en voit d'autres qui occupent le terrain : si peu de talent et une si belle maison, et avec ça une insolente santé. Comment croire à une justice divine ?

« Ah, quelle mesquine jalousie ! » me direz-vous, je devrais avoir honte ! Voilà comment vous remerciez ceux qui veulent vous réveiller ? C'est que j'ai moi-même quelques qualités, et je me vois obligé de vous recadrer. Qu'est-ce qu'il vous faut pour vous élever un peu sans attendre d'être arrivés à C ? Que je vous montre mes résultats d'analyses ? Desproges en avait marre de certains chanteurs, il les encourageait à faire de la peinture pour qu'on ne les entende plus. Moi, je vois une kyrielle d'humoristes imitateurs de drôlerie qui mangent le pain des vrais humoristes, dont je suis. Tenez, par exemple : l'autre jour, j'ai entendu que face à différents problèmes le gouvernement travaillait d'arrache-pied pour trouver des solutions. J'ai tout de suite dit que c'était bien de travailler mais moins bien d'arracher des pieds. Ah ! Ah ! Ah !... Ah, dites donc, si c'est pas de l'esprit, ça ! J'aurais dû vous prévenir, vous me lisez en mangeant un gâteau saupoudré de sucre fin, vous en avez foutu partout sur le bouquin. Votre famille a cru à une attaque.

Seulement, il faut se mettre au travail pour faire un recueil. Et je suis fainéant. Il faut m'encourager. Un recueil de choses qu'on prendrait à la lettre. On appellerait ça « À la lettre », et on ferait comme avec « arrache-pied » pour tout un lot d'expressions. On serait au rayon humour. Un jour, vers 13 heures, mon directeur d'édition irait s'en mettre plein la lampe dans une des meilleures tables avec un gars ou une garce du ministère de la Culture, et ils feraient affaire. Ensuite, on trouverait mon recueil dans toutes les bibliothèques, je recevrais des droits, je mangerais bio : des patates au prix des fraises...

Mais enfin j'ai d'autres livres, déjà faits, soyez de ceux qui les commandent ! Sur le oueb, par exemple, puisque vous êtes inscrits sur fesses de bouc (il nous aura tout fait) par carence d'identité ; dites-le à vos mille trois cents amis, signalez mon art. Les temps sont durs pour les artistes. Desproges, c'était au temps où l'on pouvait encore battre sa femme, fumer près du landau, être fier d'être paresseux. Si vous continuez à me snober, ça va finir mal. Bien sûr, vous vous dites : si sa littérature ne marche pas, il n'a qu'à aller décharger des camions aux Halles. Mais c'est loin les Halles. Et il faut passer par des zones de non-droit.

Alors, à quoi j'en suis réduit ? J'ai commencé à faire la manche au coin de la BNP en lisant du Desproges, mais comme je riais à gorge déployée, les passants voyaient bien que je m'étais fait arracher des molaires pour avoir les joues creuses et inspirer la pitié.

Franchement, je ne suis pas fier de vous.

Alain Chabat

Pierre Desproges a tourné une fausse pub avec les Nuls. Un sketch qui se passait dans un stade, ambiance stade du Heysel, où des hooligans massacraient tout et tout le monde. Pierre – en supporteur bourrin et bourré – finissait face caméra en disant : « On peut rester actif après une bonne bière. » Pendant le tournage, il nous disait qu'il était « un peu fatigué » et que ce serait sympa si on ne faisait pas trop de prises (surtout que la pub était assez physique, à base de cavalcades dans les gradins et bastons diverses). On s'est rendu compte un peu plus tard ce que voulait dire pour lui « un peu fatigué ».

P.-S. : On est le 8 décembre 2007, et ça fait dix-huit ans que Bruno Carette est parti. Je vais regarder *La Grange et la Paille* et relire la recette du cheval-melba.

P.-S. 2 : Désolé, j'aurais aimé finir sur une meilleure vanne.

Jean-Loup Chiflet

Chronique de l'amour ordinaire. « L'amour ordinaire… » Étonnant, non ? C'est fou ce que l'on peut changer. Il est vrai que vingt ans d'éternité, ça vous transforme un homme. Pourtant, lorsque j'étais encore sur terre, je n'arrêtais pas de râler, de fustiger, d'exécrer, d'abominer, mais depuis que je suis ici au Paradis, j'encense tout ; je suis aux anges. Et cette chronique devrait vous inciter à me rejoindre au plus vite. Je tiens à votre disposition le catalogue *Plus près de toi mon Dieu*, dans lequel vous pourrez trouver votre bonheur. Un seul slogan : « La fin justifie les moyens » et comme dit Jean-Paul, un résident polonais qui est là depuis avril 2005 : « N'ayez pas peur ! »

Alors, choisissez : accidents, suicides, métastases (en promotion !), tsunamis, etc. Vous ne le regretterez pas ; tout est prévu pour faciliter votre séjour. Vous pouvez même venir en métro : Étoile - Trinité - Bonne-Nouvelle - Filles-du-Calvaire. (Attention !

La station D'enfert-Rochereau est en travaux pour agrandissement...)

Une fois ici, rien de plus facile pour vous loger : de l'Auberge de Genèse aux hôtels de la chaîne Concorde avec une, deux ou trois cent millions d'étoiles, vous aurez l'embarras du choix. La restauration ? Une merveille... Tenez, aujourd'hui j'ai eu droit à un agneau... divin ! Des coquilles Saint-Jacques, du Jésus de Morteau, du saint-nectaire et un assortiment de trois desserts : religieuse, pets-de-nonne et saint-honoré ; le tout arrosé d'un remarquable châteauneuf-du-pape... un vrai miracle ! Le petit Jésus en culotte de velours !

Et nous ne sommes pas en reste pour la culture ; presse à volonté : *Pharisien libéré*, *La Croix*, *Le Ciel diplomatique*, *Conscience et Vie*, *Le Cana enchaîné*, etc. Télévision avec des émissions culte *(sic)* comme *Champs-Élysées* ou *Intervoile*.

Voilà, je dois vous quitter car je suis attendu sur la scène du... Zénith pour interpréter *Mamz'elle Angèle*, les chérubins en raffolent. Inutile de vous dire que le spectacle est sponsorisé par... L'Oréol.

À tout bientôt j'espère ; je vous promets une fête d'enfer (oh ! pardon !) au Biblos.

Elle est pas belle la vie éternelle ?

PCC

Antoine de Caunes

On pourrait dire qu'il est deux sortes de rire : celui qui insulte l'intelligence, et celui qui insulte la bêtise. Bonne nouvelle, puisque, dans un cas comme dans l'autre, l'insulte l'emporte, et chacun sait qu'une bonne insulte vaut mieux que deux tu l'auras. Bonne nouvelle qui mérite toutefois d'être relativisée : le premier cas de figure l'emportant ces jours-ci très largement sur le second.

C'est ce genre de constat qui continue à nous faire pleurer, vingt ans après, et comme au premier jour, la disparition de Pierre.

Pourquoi a-t-il fallu qu'elle sombre, cette flamboyante tête de gondole de l'Insubordination, laissant la place à un monde où le rire préenregistré est quasiment devenu la norme, et où le surgelé finit par prendre le pas sur le cueilli du jour ?

Quel est-il, ce dieu cruel, qui a prématurément rappelé à ses côtés notre ami frondeur, insoumis et incontrôlable, nous abandonnant comme autant de Petits Poucets au milieu de la noire forêt du rire post-moderne ?

Pourquoi a-t-on l'impression qu'avec Pierre, c'est une certaine idée du style qui s'en est allée, et qu'en le perdant, c'est un écrivain qu'on a perdu par la même occasion ? Et qui plus est : un écrivain qui faisait rire, ce qui, il est vrai, court les rues, mais pas forcément pour les mêmes raisons.

Pourquoi a-t-on souvent l'impression, depuis, de continuer à rire de tout, certes, mais avec n'importe qui ?

Hein ? Pourquoi ?

Philippe
Delerm

Difficile et tentant de canoniser Pierre Desproges.

Difficile parce qu'on imagine sans peine combien il aurait maugréé devant tous les dithyrambes qui pleuvent aujourd'hui sur ce qu'il faut bien appeler son œuvre – et là, déjà, on subodore que ce terme l'aurait passablement réjoui. On devine combien il aurait maugréé. Mais on ne sait pas comment il aurait maugréé, et ça, c'est du Desproges. L'imprévisibilité. Pas l'imprévisibilité franchouillarde d'un comique se mettant en string dans une émission de Sébastien Cauet au risque de faire glousser un banc de mérous. Une vraie imprévisibilité, bâtie sur la singularité du langage et de l'idée. C'est pour cela que le mot « œuvre » convient. Je ne trouvais pas Pierre Desproges fabuleux en spectacle. Ni même à la télé, malgré une petite tendresse pour *Monsieur Cyclopède*. J'entends évoquer son interview de Françoise Sagan comme un des sommets de sa carrière, ce qui est loin d'être le cas – l'intelligence courtoise de Sagan faisant autant pour cette séquence que l'insolence de Desproges. À la radio, c'était tout bon, parce qu'on est entièrement dans la cadence de la phrase. Et en livres, c'est génial. Chance pour nous. L'humour de Desproges ne vieillira pas.

Tentons donc de canoniser Desproges. Beaucoup de ses pairs le font déjà. Il est devenu la référence ultime d'une certaine qualité humoristique. On pourrait même dire qu'il y a un complexe desprogien chez beaucoup d'humoristes. Ils enfourchent la vélocité de la syntaxe, le recours systématique à plusieurs registres de langue, du très soutenu au très grossier. Ils s'essoufflent vite toutefois dans cet exercice de Yo-Yo, car la marque de Desproges était l'extrême aisance dans le registre le plus soutenu, avec plongée à doses homéopathiques subtilement maîtrisées dans le grossier.

Et puis il y a l'anarchie du propos. N'est pas anar qui veut. Chez Desproges, ça partait vraiment dans toutes les directions. Aucune aigreur, mais aucun politiquement correct. Même le petit peuple était visé, comme dans ce réjouissant passage du *Manuel de savoir-vivre* : « L'été, les cons foncent têtes baissées vers les plages où ils aiment à s'agglutiner pour ne pas perdre une miette de la chaleureuse promiscuité immobilière de la ville. Ils forment ainsi un conglomérat de fourmis, ténu et continu, de Calais à

Hendaye et de Port-Vendres à Nice. D'où l'expression : être un peu con sur les bords. »

Mais j'avoue que mon sujet de jubilation desprogien le plus intense demeure, dans le *Dictionnaire superflu*, la déclinaison des titres imaginaires attribués au tableau de Jean-Paul Laurens *L'Empereur Maximilien du Mexique avant son exécution*. Parmi les plus réussis à mon goût : « Avant Pie IX, les rouquins étaient excommuniés » ; « Les ysopets funèbres de Bossuet bouleversaient Zapata » et « B. Tavernier essayant de corrompre le jury du festival de Cannes 1984 ». Quelles que soient les situations évoquées, dans les cinq personnages figurant dans ce tableau, l'attention se porte particulièrement sur le prêtre (ou quelque dignitaire épiscopal) cachant son visage dans ses mains pour ne pas révéler ses pleurs au grand public. On sent qu'il a vraiment de la peine. Ne le faisons pas souffrir davantage. Il est grand temps de canoniser Pierre Desproges.

Jean-Paul Dubois

D'aussi loin que je me souvienne, j'ai toujours eu peur des coiffeurs à l'ancienne. De leurs blouses louches, de leurs rasoirs damasquinés, de leurs tondeuses barbares, de leurs ciseaux primitifs, de tous ces bras armés, articulés et tranchants, gourmands d'un ordre totalitaire et obscur. D'aussi loin que je me souvienne, j'ai toujours détesté, haï, méprisé, conchié la nouvelle vague de ces merlans arrogants, chétifs malandrins vêtus tels des gynécologues, pratiquant dans des sortes de laiteries disco, bricolant pompeusement des tignasses et réclamant des cents et des mille pour vous mettre la boule à zéro. Longtemps, donc, très longtemps, pensant souffrir d'une honteuse aversion compulsive, je tus cette figarophobie. Et Pierre Desproges vint. Et en deux mots il régla mon malaise et le compte de la confrérie. C'était dans un texte célèbre écrit il y a une vingtaine d'années. Malgré le temps, les pompeux barons de cette corporation ne se sont jamais vraiment remis de s'être fait traiter, entre autres, de « biocosméticiens capilliculteurs ». Dans l'objectivité désarmante de ce qualificatif, il y a toute la savoureuse intelligence, l'humour venimeux et la lumineuse lucidité de Pierre Desproges. Un prince qui vous dispense aisément de croire en Dieu, en la Reine et au football. « Biocosméticiens capilliculteurs. » Une simple paire de mots qui dit déjà l'association de malfaiteurs. Et tout est entendu. En hommage intime, j'ai souvent utilisé cette expression dans des textes ou des chroniques. Dans la vie, je ne connais pas de plaisir plus savoureux que de traiter une truffe ou un butor de « biocosmeticien capilliculteur » Vous savez, j'aimerais vraiment avoir Pierre Desproges comme voisin. Ou comme ami d'enfance. J'aimerais qu'il s'installe à nouveau parmi nous. Qu'il ne soit plus jamais malade. Qu'il passe de temps en temps me voir à la maison. Il me demanderait comment je vais. Et, bien sûr, je lui répondrais : « Comme un type qui n'a pas remis les pieds chez un coiffeur depuis quarante quatre ans. »

Jean Dujardin

J'avais dix-sept ans lorsque Pierre Desproges est mort.

La jubilation que je ressentais à l'écouter tordre les animateurs de radios libres me fait redouter aujourd'hui le portrait qu'il aurait dresse des présentateurs de téléréalité et de talk-shows (ça, c'est pas grave) ou des acteurs de séries télé (ça, c'est plus emmerdant).

Desproges, c'est déjà une musique dans le texte qui donne une fluidité exceptionnelle à son discours, un équilibre, une régularité.

Il a inventé l'effet comique de rupture par l'insertion du plus épais des calembours dans un océan d'érudition, un peu comme une bouse de vache sur le tapis rouge de l'Élysée.

Dans la forme, il a été copié la plupart du temps par des types qui agaçaient l'auditoire par la vanité de leur propos vide de sens, car, sur le fond, il se dégage chez Desproges une grande humanité ; c'est noir, mais c'est intelligent, sensible, et surtout ça n'est jamais méchant ; d'ailleurs, l'humour noir, c'est l'expression du désespoir et de l'angoisse, jamais celle de la méchanceté.

Son besoin de livrer son angoisse, celle de la mort qui le rapprochait tant de Brassens, avec pudeur, désinvolture feinte et espièglerie dans le regard, a touché tous les adorateurs, au rang desquels je m'inscris avec humilite

Pierre Desproges nous a libérés en nous autorisant a rire de tout. . Malheureusement, depuis sa mort, on a perdu sur ce plan pas mal de terrain ; aujourd'hui, Desproges pourrait-il encore passer à la télé ?

Édika

P. Desproges
WAAA HA-HA-HA-HA-HA-HA HA-HA-HA-HA-HA-HA
P. Desproges
ÉTONNANT NON ?
P. Desproges
Édika

Pascal Fioretto

(Pastiche)

« Si Dieu Il existerait, Il ne laisserait pas chanter Sandrine Kiberlain », murmurent *mezza voce* les plus cons d'entre vous sous l'emprise – qui n'excuse pas tout – du matérialisme empirique résurrecté par Onfray et aussitôt adopté par le MoDem aux municipales.

On voit que vous ne connaissez ni votre caté ni Dieu. Dois-je vous rappeler qu'Il est capable de Tout ? Du meilleur comme du Medef ?

Les moins lobotomisés par leurs portables 3G+ se souviennent peut-être que naguère nous parlions en francs, Claude Allègre avait encore toutes ses facultés et que, me sachant aussi immortel que le professeur Schwartzenberg, je passais le plus clair de mon temps à titiller le zeugme, à escagasser l'Anna Corèthe et à me foutre de sa divine grande gueule qui est aux Cieux.

Du coup, quand Il m'a brutalement rappelé à Lui, coupant provisoirement l'appétit à Claude Villers et inspirant au pisseur de ces lignes des métaphores convenues, Pépère (c'est son surnom de Dieu) m'a accueilli avec ces mots :

– Ha ! Desproges ! Enfin ! C'est toi qui veux que je le tripote[1] ?

– Hélas, votre Grande Hauteur, répondis-je en rampant dans la position du Séguéla dînant chez Sarkozy, on ne peut décidément rien vous cacher, ni *urbis*, ni en banlieue, ni même *orbis*. Je le *confiteor* in Gévéor *veritas dissolvat* : *ecce* bien moi. Mais sans vouloir vous commander, votre Altitude, je vous prie de bien vouloir me pardonner mon offense comme nous pardonnons aussi à ceux de votre trinité qui ont créé les footballeurs.

– Quelle insolence ! Misérable comique mort dont on fait des compils au kilo et au Seuil. Ignores-tu que, si on me cherche, on me trouve et pas que derrière les piliers de Notre-Dame ?

– Un doute m'habite, qui est énorme : c'est bien vous qui avez dicté la sacro-sainte règle : *« Œil pour œil, dent pour dent (sauf prothèse en céramique) »* ? Or, étrillez-moi si je mens (non pas là, plus haut), la mienne mise à part, y a pas mort d'homme dans mes conneries. Donc, lâchez-moi l'âme, c'est le prin-

1. Typo : penser à mettre de la réverb' quand c'est Dieu qui cause.

temps et je vous jure que c'est pas moi qui ai volé l'orange, c'est Michal.

– Assez ! a-t-il grondé en Dolby. Je te condamne à passer l'Éternité dans *Les Grands du rire*, entre Popeck et Anne Roumanoff. Romps les rangs et toi, pas le cou.

Depuis, il me fout une paix éternelle où je retournerais volontiers, mais Rollin a dit trois mille signes. À propos, Dieu serait un peu juif que ça ne m'étonnerait qu'à moitié. Je ne suis pas allé vérifier personnellement, mais des archanges dignes de foi et bien placés (en contrebas du trône monte-escaliers) me l'ont assuré. Ce qui au passage prouve deux choses :

1) Dieu ne porte pas de slip sous sa tunique genre-style gospel immaculée ;

2) Michel-Ange a pris une doublure quand il a barbouillé la chapelle Sixtine (voir poster central).

Autre preuve que Dieu est juif, il a de l'humour. Pas toujours, me direz-vous ? Et alors ? Arthur n'est jamais drôle. Est-ce que ça prouve qu'il n'est pas toujours juif ? Réciproquement, Guy Bedos. De toutes façons, j'ai fini cette chronique de trop et tranché une fois pour toutes : Dieu n'existe pas.

Mais je vous laisse, le voilà qui arrive pour sa partie quotidienne de pince-mi et pince-moi.

Florence Foresti

À l'âge où je ne pouvais pas encore aller au spectacle ni regarder la télé après 20 heures, j'ai rencontré Pierre Desproges dans les livres. Les siens. Mon père avait laissé traîner les *Chroniques de la haine ordinaire* et le *Dictionnaire superflu à l'usage de l'élite et des bien nantis,* dont je ne comprenais même pas le titre (j'étais petite, je vous dis !). Je les ai lus et relus avec bonheur à l'âge où l'on devrait lire *Martine*... Aujourd'hui, j'aime à croire que ces lectures « clandestines » ont contribué à mon amour du rire, à mon humour des mots. Ces livres sont toujours dans ma bibliothèque, parce que... j'aimerais que ma fille tombe dessus... par hasard...

Jean-Louis Fournier

« Bonjour, Pierrot.

On est voisins maintenant, j'habite dans le 20e, près du Père-Lachaise.

Je passe te voir souvent, mais tu n'es jamais là. J'en profite pour dire bonjour à tes voisins, Chopin et le petit Petrucciani qui a une tombe aussi grande qu'un piano à queue.

Rassure-toi, on ne t'a pas oublié, tu as souvent du monde et des fleurs, on ne peut pas t'oublier, il y a des phrases de toi qui ne faneront jamais.

J'entends encore parfois un non-comprenant dire : "Il était méchant, votre ami Desproges." Je lui explique que tu n'étais pas méchant, simplement tu ne faisais pas semblant d'aimer les gens comme beaucoup, qui sont friands d'Audimat, le font. Toi tu faisais plutôt semblant de ne pas les aimer Appelons ça de la pudeur.

Tu aimais bien te moquer, tu te moquais de tout, comme un sale gosse.

C'était la seule parade que tu avais trouvée pour supporter l'insupportable. Tu t'indignais aussi, tu étais violent avec les salauds, tu trouvais le mot qui tue, pour le chauffeur de taxi qui laisse descendre de sa voiture, sans l'aider, la vieille dame infirme, ou pour la fleuriste qui vend des fleurs fanées à l'aveugle.

Tu ne supportais pas beaucoup de choses, tu savais très bien, toi aussi, être insupportable.

Si tu avais été un produit, tu aurais été un produit détergent.

Ici-bas, depuis ton départ, les choses ne se sont pas arrangées, c'est pas très drôle, on n'a plus le droit de fumer, ni de boire, il va bientôt être interdit de mourir.

Comme monsieur Cyclopède, le gouvernement veut détruire le virus de la mort.

Je mesure à quel point tu nous étais nécessaire, cher Cyclopède.

Je n'oublie pas qu'un jour tu as déclaré que si tu n'avais pas été hétérosexuel, tu m'aurais demandé en mariage.

Je l'ai échappé belle…

Aujourd'hui, je serais veuf.

Salut et à un de ces jours. »

José
Garcia

Il y a des moments où on se décide trop vite. Surtout quand François Rollin vous demande de vous souvenir de Pierre Desproges et de lui rendre hommage, il est préférable de réfléchir avant de répondre Mais j'aime Desproges, et j'ai dit oui, très vite.. et maintenant je sais que c'est duraille de parler d'un génie. Alors j'essaye de me souvenir, de mettre des mots sur ce qu'inconsciemment je lui ai pris.

Desproges m'a permis de me moquer de tout, surtout des choses les plus graves. Grâce à lui, la vie m'a paru plus légère. Quand une émotion trop forte me terrasse, c'est bon de l'entendre se foutre de tout avec autant de talent !

Aujourd'hui, ses textes ont gardé toute leur force. Il est moderne. Desproges, c'est le rythme à l'envers, la syncope, le contretemps. Faisant mine de rien, il rate la chute d'une histoire, puis en réinvente une autre encore meilleure. Des phrases passent en coup de vent et vous reviennent plus tard comme un wagon de marchandises. Le pince-sans-rire, le gars qui marmonne des vannes hilarantes à côté des radiateurs au fond d'une classe, celui que je voulais toujours à côté de moi, celui qui se fait jamais choper, la bonne humeur de la classe, c'est lui.

Il est aussi celui qui m'a donné le culot de pouvoir servir une blague à un trisomique. Le plus important n'étant pas qu'il la comprenne mais qu'il se sente aimé comme les autres.

Desproges est comme un chêne : indestructible. Mais un jour, la foudre a bousillé Desproges.

J'espère que ses racines profondes lui permettent de respirer ailleurs !

Et puis, qui sait ? Il pourrait bien renaître grâce à un gland !

Goossens

À LA QUESTION "PEUT-ON RIRE DE TOUT ?" PIERRE DESPROGES RÉPONDAIT QUE OUI, MAIS PAS AVEC NIMBORDE GUY, UN CHÔMEUR ALCOOLIQUE DE DUNKERQUE ATTEINT DE TUBERCULOSE. IL Y A DES GENS SUR TERRE QUI NE REÇOIVENT PAS BEAUCOUP D'AMOUR.

Jean-Marie
Gourio

Desproges est mort et c'est bien fait ! Personne ne le regrettera ! Desproges n'aime pas les vieux. Il n'aime pas les jeunes qui sont vieux. Desproges n'aime pas les bêtes, qui sont des sortes de vieux qu'on mange en sauce et qui sentent la sauce. Desproges n'aime pas les femmes. Qui sont une sorte d'homme qui sent la femme et qu'on mange en sauce parfois quand le roi l'a dit, ou qu'on enfonce toute vivante avec pharaon son mari dans le sable chaud. Au loin, derrière la pyramide, le chameau n'a qu'une bosse. Desproges n'aime pas parler du nombre de bosses de ces grands et magnifiques vaisseaux du désert. Desproges n'aime pas les vaisseaux. Il n'aime pas le désert. Trop de monde. Trop de sable. Trop de contes et trop de légendes. Trop de sabres courbés. Trop de lunes. Trop de bestioles. Trop de kilomètres. Desproges n'aime pas le sport. Desproges n'aime pas la sieste. Desproges n'aime pas le savon de

Marseille. Desproges n'aime pas Marseille. Desproges n'aime pas l'eau. Desproges n'aime pas la pêche au thon. La Bretagne. Les berniques. Les grandes marées. La mauvaise haleine. Les bolées de cidre. Les crêpes à l'andouillette. Desproges n'aime pas les miettes de thon à la tomate. La salade de riz. La saucisse de Morteau. Desproges n'aime pas quand ça sent bon le boudin aux pommes. La barbe à papa. La frite. La choucroute froide. La moule marinière. Le citron dans les cabinets. La cire. La peinture fraîche dans l'escalier. Le caoutchouc brûlé. L'huile de vidange dans le garage. Le fuel. Desproges n'aime pas les gens qui sentent parce que Desproges n'aime pas les odeurs qui sont dans le nez comme chez elles. Les odeurs sentent, et quand ça sent, bien sûr très vite ça pue. Et quand l'odeur ne pue pas, il faut avouer que toujours c'est pire. L'odeur sent bon. La bonne odeur. La vanille et la menthe. Le sourire et le coup tordu. La bonne odeur qui pue. Desproges n'aime pas quand ça sent bon parce que, quand ça sent bon, ça pue. Desproges n'aime pas quand c'est beau parce que la beauté est laide et la laideur est moche. Desproges n'aime pas la musique et n'aime pas les musées. Desproges n'aime pas l'art. Ni l'art beau ni l'art moche. Desproges n'aime pas la peinture à l'huile qui sent l'huile et la peinture à l'eau qui sent le pauvre. Desproges n'aime pas les pauvres. Qui sont des pauvres. Et les riches. Qui sont des riches. Il n'aime pas les gosses de riches. Il n'aime pas les gosses de pauvres. Les pauvres gosses. Les pauvres pauvres. Il n'aime pas du tout ce truc-là. Desproges n'aime pas les gosses en général et encore moins en particulier. Ni leurs cris de joie. Ni leurs larmes. Ni leurs jouets. Ni leur berceau. Ni la boîte à musique. Ni la clochette du Père Noël. Ni le traîneau. Ni le foie gras. Ni les huîtres numéro trois. Ni les bulots. Ni le mousseux. Ni le Kir à bulles. Ni la boîte à claques. Ni la boule à neige. Ni les Champs- Élysées. Ni l'Arc de Triomphe. Surtout pas lui. L'ancien combattant. Sa flamme. Bleutée. Du souvenir. Et les fleurs. Desproges n'aime pas les fleurs. C'est la gerbe. Desproges n'aime pas les cris des parents. Le vin rouge. Le petit demi. Desproges n'aime pas les drogués. Les alcooliques. Les curés. Les étrangers. Les Corses. Les Grecs. Les Turcs. Les Français. Les bérets. Les rouges, les verts et les bleus. La moleskine. Le papier peint. Les poutres apparentes. Les magiciens. Les casinos. Le sel de Guérande. La Comtesse du Barry. Les pâtes de fruits. Le miel de pays. La lavande. Les amandes pilées. Les bottes de moto. L'odeur de l'essence. Le bruit des moteurs. Le produit lave-glace. Le produit vaisselle. La vaisselle. Desproges n'aime pas le bruit des couverts dans l'assiette. Desproges n'aime pas manger à table. Desproges n'aime pas s'asseoir. Desproges n'aime pas les espadrilles. Desproges n'aime pas les doigts de pied. Les brochettes. Les barques en plastique. Les grillades dans le jardin. Desproges n'aime pas le jardin derrière la maison. Le jardin devant la maison. La grille devant. La haie derrière. Les thuyas. Le poirier. La chaise en fer. Desproges n'aime pas les chaises. Encore moins les buffets. Les tables basses et les fauteuils en cuir. Le chien attaché. La chaîne. La sonnette. La boîte aux lettres. Les lettres. Les colis. La casquette du facteur. Desproges n'aime pas la poste. Il aime bien les impôts. Mon trésor, leur écrit-il, un jour. Pas deux jours. Une fois. Dans la vie. Un poème. L'artiste. C'est fait. C'est écrit. Il n'aime pas leur chambre, aux pauvres. Aux riches. Desproges n'aime pas les chambres. Il n'aime pas les salles à manger. Les couloirs des entrées. Les portes et les fenêtres. Desproges n'aime pas les rideaux. Il n'aime pas les volets. Il n'aime pas le soleil. La banlieue. La plage. Il n'aime pas la crème de jour. La crème de nuit. Il n'aime ni le jour ni la nuit. Ni le matin ni l'après-midi. Peut-être un peu le temps qui passe entre chacune de nos secondes. Quand il ne se passe rien. Entre le tic et le tac. Le silence soudain. Le repos. Desproges n'aime pas la crème de lait. Ni le lait. Ni le chocolat suisse. Ni la montagne. Ni le ski, ni la fondue. Les remonte-pentes. Les pneus neige. Les vaches. Les bonnets. Les Tyroliens. Peut-être qu'il aime un peu le vent. À peine. Pas toujours. Un tout petit vent qui ne soulève rien. Desproges n'aime pas les feuilles. Desproges ne se baissera pas pour les ramasser à la pelle. Desproges ne se baissera pas. Desproges ne balaiera pas le feuillage tombé des poètes jardiniers. Desproges ne fait pas non plus du ciment le dimanche. Le drôle de ciment des poètes en gravier. Desproges ne tond pas la pelouse et la pelouse le lui rend bien. Elle ne le tondra pas. Desproges ne collabore pas. Les étoiles ne le tondront pas. La vie ne l'a pas tondu. La vie l'a tué. Ce qui est de bonne guerre. Desproges n'aime pas quand c'est triste. Desproges n'aime rien d'autre que le beau pas laid. Le doux pas salaud. L'affection. La politesse. Le gris. L'enfance. Sans les gosses. Et la vie sans les hommes. Desproges est compliqué. Desproges a tout compris. Desproges est mort et c'est bien fait pour lui. Bon débarras !

Stéphane Guillon

« Cher Pierre,

Je dis "cher Pierre" et je suis sans doute l'un des seuls de ce recueil à ne vous avoir jamais croisé. Seulement voilà, quand j'ai démarré dans le métier, un critique de *Charlie Hebdo* (avait-il bu ?) a écrit : "Il y a du Desproges dans ce garçon-là." Le jeune humoriste qui remplissait les trois premiers rangs du Point-Virgule tous les samedis soir et qui annulait haut la main le reste de la semaine s'est évidemment empressé de coller ce compliment en tête de son dossier de presse. Un Desproges en herbe, pensais-je, pouvait légitimement remplir le quatrième rang du Point. Grâce à cette petite filouterie, j'ai été, pendant des années, associé à vous. Pas à un niveau national, non, mais le Quai du Rire à Marseille, Le Comique Troupier à Dunkerque, ont eu la fierté d'afficher le futur Desproges.

Évidemment, être comparé à vous est un immense plaisir ; durant mes années de vaches maigres, cela m'a soutenu, aidé, maintenu le moral au beau fixe. C'est un compliment magnifique mais à double tranchant. La comparaison, cher Pierre, comporte certains risques : le gars qui annonce "Desproges" sur son affiche ne peut pas proposer un spectacle à la Roland Magdane. C'est comme appeler son enfant Marilyn. Si, par la suite, la petite s'enlaidit, grossit et développe une acné purulente, c'est le drame. Mieux vaut l'appeler Régine. Régine, tout est possible : la petite peut colorer ses cheveux en rouge, consommer moult vodkas (comme le type de *Charlie Hebdo*) et arriver bourrée à l'école. Sur un carnet de correspondance, "Régine est priée de ne pas tituber en classe", c'est plausible. J'essaye d'être drôle, bien obligé, je dois justifier ma part de Desproges !

Plus sérieusement, cher Pierre, même si le type de *Charlie Hebdo* s'était trompé..., à force de vous admirer, à force de me réchauffer à l'existence d'une éventuelle filiation, il a fini par y avoir un peu de Desproges en moi. En tout cas, certainement dans l'amour que je porte à ma femme, à mes enfants et à mon chien. (L'ordre de cette phrase est important, il me permet de rentrer tranquillement, ce soir, à la maison).

Cher Pierre, je n'écris pas aussi bien que vous (précision inutile : à chaque ligne, le lecteur s'en rend compte), et je dois aussi vous avouer que, jusqu'à maintenant, j'ai systématiquement refusé d'écouter votre travail. Richard Clayderman me disait que, lui-même, s'interdisait d'écouter Chopin. En vérité, je m'étais promis d'écouter votre œuvre, une fois vieux, à la retraite : "Ça y est, j'ai raccroché mon stylo, mettez-moi du Desproges, prêt pour le coup de grâce !" Cependant, remettre les choses à plus tard, je pense que vous partagerez mon point de vue, est assez risqué. Et je profite de l'occasion pour vous dire que, bien que fan inconditionnel de votre parcours, votre incapacité à profiter tranquillement de votre retraite m'a toujours sidéré.

Malgré toutes mes résolutions, je n'ai pas réussi à échapper à votre talent. Récemment, Catherine Barma m'a demandé de parler de vous dans une émission. "C'est très simple, m'a-t-elle dit, vingt minutes de blabla tournées en un plan-séquence, Pierre Desproges, sa vie, son œuvre... Pour toi, c'est facile."

Huit jours plus tard, François Rollin remettait ça... Vous savez, le gars qui fouettait comme un enfant de chœur quand il était face à vous... Eh bien, il a pris une putain d'assurance maintenant, pas du tout impressionné par ma part de Desproges ! "Dis donc, Guillon, qu'il me dit, un petit texte sur Pierre, trois mille signes, c'est dans tes cordes, tu me fais ça pour lundi !"

Depuis, je vous lis, je vous écoute, je vous potasse littéralement, je serai fin prêt pour l'anniversaire de votre mort. Les hommages vont se succéder : “Tout le monde dès le départ a cru en vous, tout le monde vous a compris, tout le monde vous a aidé !” Unanimité du jury ! À mon avis, le 18 avril prochain, vous allez bien rigoler.

Au fait, l’autre jour, j’ai croisé votre pote Bedos… Bon pied, bon œil, infatigable. Il râle toujours… Faut dire que vous lui avez laissé tout le boulot, au vieux. Rendez-vous compte, la droite est au pouvoir, Le Pen a été réélu président du FN, il y a même un type, Hortefeux, qui veut faire passer des tests ADN aux immigrés. Et à cette heure où je m’apprête à e-mailer (e-mailer, un nouveau procédé, j’ai pas le temps de vous expliquer), mon papier à François Rollin, on reçoit le colonel Kadhafi à Paris… Non, pas en prison, en visite officielle… Oui, oui… Kadhafi, le type qui a fait exploser un Boeing de la Pan Am en plein vol quatre mois avant votre mort. Eh bien, on lui a offert une tente chauffée, du champagne, et des putes. Tout est oublié, on passe l’éponge. Vous voyez, cher Pierre, le monde tourne bien, vous ne nous manquez pas du tout… »

JY

Alexis
Macquart

Quand Desproges est mort, je n'avais que neuf ans, autrement dit, il n'a jamais marqué mon esprit de son vivant, tout s'est fait à titre posthume.

À l'instar d'un Indien d'Amérique, un bon comique est un comique mort, et tels James Dean ou Jésus-Christ, Desproges aura eu l'intelligence de mourir avant que quelque chose ne vienne ternir son image publique.

On ne verra donc jamais un Desproges vantant les mérites d'une marque de voitures, ni un Desproges, dans un moment de faiblesse, venir soutenir un homme politique lors d'un meeting, et encore moins un Desproges en train de se faire accrocher une Légion d'honneur sur le revers de la veste, et ça..., ça soulage.

En tant que comique, c'est le Desproges sur scène qui m'intéresse le plus, et entre lui et Coluche, mon cœur a souvent balancé.

On est Coluche ou Desproges comme on est Beatles ou Rolling Stones. Mais dans un débat comme dans l'autre, le vrai voyou n'est pas celui qu'on croit.

Desproges était plus punk que tous les punks, plus engagé que tous les engagés, il était une aberration dans le système « show-biz », un pied dedans, un pied dehors, c'est-à-dire la position parfaite pour pouvoir pisser de part et d'autre de la frontière.

Son humour se méritait, il était un filtre à cons, et c'est pour ça que Desproges ne se retrouvera jamais dans le classement des cent personnalités préférées des Français.

Il n'était pas un comédien proprement dit, il n'était pas un « performer ». Les stars du spectacle étaient son esprit et ses mots.

La première chose marquante quand on voit un spectacle de Desproges, c'est sa démarche sur scène, sa façon de se déplacer, sa « *fuck you* » attitude.

Pour moi, il était l'incarnation parfaite de ce qu'expliquait le grand comique américain George Carlin de son rapport avec le public : « Je suis là pour moi, vous êtes là pour moi, personne n'est là pour vous. »

Il ne possédait pas non plus les signes extérieurs du professionnel de l'humour. Il n'était pas un comique, mais un auteur qui jouait ses textes.

L'humoriste occupe une place privilégiée pour tenter de comprendre le monde.

Comme quiconque, il prend les éléments violents de plein fouet mais les fait immédiatement passer à travers son filtre démystificateur.

Un humoriste ne peut et ne doit pas sombrer dans l'émotion primaire provoquée par les événements, même les plus douloureux.

Les humoristes français capables de faire ça se comptent sur les doigts d'une seule main, dont Desproges était le majeur tendu bien haut.

Desproges ne m'a jamais manqué, sa disparition l'a figé dans une capsule spatio-temporelle vers laquelle je peux regarder dans mes moments de doute.

Et pour tout comique évoluant dans le côté sombre de l'humour, Pierre Desproges sera toujours notre ombre bienveillante.

Philippe Meyer

Pierre Desproges n'aimait pas les enfants. Ni les femmes. Ni les hommes. Ni les Auvergnats. Comment aurait-il pu ? Il savait d'expérience qu'il existe des enfants avares, des femmes lâches, des hommes garces et des Auvergnats capricieux. Pierre Desproges était un être singulier. Je ne veux pas seulement dire qu'il ne ressemblait à personne, mais aussi qu'il pensait, sentait, aimait, rejetait au cas par cas. Il n'était pas antiraciste. Il était a-raciste. (Pour ceux et celles qui auraient fait leurs études sous Jack Lang, le a- de « a-raciste » vient de l'*alpha* privatif grec et signifie « absence »). « Le pluriel ne vaut rien à l'homme », chantait son cher Brassens. C'est l'une des rares choses dont Pierre était sûr, lui qui cultivait le doute et qui abominait ceux qui moulinaient des certitudes. On regrettera vivement que sa veuve et ses orphelines n'aient pas pensé, lors de l'autopsie, à faire vérifier que l'incapacité congénitale de leur seigneur et maître à penser par catégories ne venait pas d'une particularité physiologique rare, d'un gène peu répandu ou de l'excroissance de telle ou telle glande. On aurait pu tenter une greffe, réaliser une transplantation d'organe, entreprendre une manipulation génétique. L'incapacité congénitale à penser par catégories dont était atteint Desproges est, en effet, d'une rareté proportionnelle à son utilité et même à sa nécessité. Surtout ces temps-ci.

Pierre Desproges particularisait. Ceux qui généralisent lui foutaient les jetons. C'est pourquoi il leur envoyait des flèches. Il en envoya une bordée à Anne Sinclair lorsqu'elle déclara qu'elle n'aurait pas pu aimer Ivan Levaï s'il n'avait pas été juif. Il entendait qu'Ivan Levaï puisse être ou devenir arabe, peau-rouge ou costarmoricain sans avoir à renoncer à l'amour d'Anne Sinclair. La pensée d'un monde où l'on se promènerait en fonction de son étiquette lui mettait la rate au court-bouillon. Et, comme il avait gardé de la culture limougeaude dont il était issu (la culture, pas la race) un réflexe de méfiance, il soupçonnait que, derrière la pensée par catégories, il y avait quelques manipulations qui profitaient à des profiteurs. Derrière les jeunophiles, il flairait l'avidité des marchands de marchandises. Bien avant la presse et les juges d'instruction, il avait observé parmi les amis autoproclamés du genre humain des aigrefins ivres d'amour d'eux-mêmes, de goût de l'argent et du pouvoir. Parmi ceux-là, il avait repéré des antiracistes professionnels faisant carrière sur l'exhibition de leur belle âme. C'est qu'il avait l'œil, Pierre Desproges, et, comme je viens d'avoir l'honneur de vous le dire, un œil qui faisait le détail. Ce n'est que l'une des raisons pour lesquelles il nous manque.

François Morel

« Il te faisait rire, toi, Pierre Desgraupes ? » interrogeait tonton Maurice, la lippe boudeuse et incrédule le jour de la mort de Pierre Desproges. Non seulement l'oncle Maurice, amateur du *Hérisson*, admirateur de *La Classe*, collectionneur des *Almanach Vermot*, ne partageait pas du tout ma tristesse, mais il ne voyait pas ce qu'on pouvait bien trouver chez ce type au visage sinistre qui débitait d'un air pas commode des considérations désespérantes sur la chimiothérapie.

« Je ne vois pas ce qu'il y a de drôle dans le cancer… » Tonton Maurice n'avait pas tort : le cancer n'est pas drôle.

L'une des choses pour lesquelles on pouvait être reconnaissant à Pierre Desproges, c'est qu'il ne faisait pas du tout rire tonton Maurice, qui par ailleurs ne goûtait ni Georges Brassens, qui chantait des grossièretés, ni Léo Ferré, qui à son âge avait les cheveux longs, ni Serge Gainsbourg, qui était un sale type.

Merde, je vois bien que mes références commencent un peu à dater…

Pierre Desproges à mon avis ne fera jamais l'objet d'un biopic. Qu'est-ce qu'on raconterait ? L'histoire d'un mec qui aime sa femme et passe des journées entières entre ses dictionnaires et sa machine à écrire, va chercher ses filles à l'école et revient à la maison ouvrir un livre de Vialatte. Un écrivain qui utilise la langue française comme un bâton de dynamite, la grammaire comme un bazooka, l'imparfait du subjonctif comme un lance-roquettes.

Aujourd'hui, les comiques pérorent à la télé, se prennent pour des vedettes du Top 50, quelquefois appellent à voter Sarkozy…

Et tonton Maurice continue à feuilleter son journal : « Il te faisait rire, toi, Raymond Bedos ? »

Érik Orsenna

C'était la fin du matin. L'heure où l'attention baisse, où finissent de s'évanouir les rêves salaces de la nuit, remplacés par la certitude amère que jamais, jamais ils ne s'incarneront. C'était l'heure où tout est presque joué dans la journée comme dans la vie. C'était l'heure du coup d'œil épuisé à la liste des choses à faire. Bref c'était l'heure d'allumer la radio dont tout le monde dit qu'elle est meilleure pour la santé que le petit blanc au zinc (pour ma part, je n'ai jamais constaté de contradiction).

J'allumais donc. Et là, miracle ! Un être prénommé Pierre prenait prétexte d'un improbable tribunal pour offrir de la poésie pure, c'est-à-dire de la liberté, de l'intuition, de l'audace, de la gaieté (forcément inconsolable), de la pudeur, de l'intelligence, de l'utilité, en un mot (car je pourrais en défiler cent) de la force pour redresser la tête et vivre mieux, un peu plus noblement (humainement) jusqu'au soir.

Depuis ce temps, je l'ai lu et relu, bien sûr. Et écouté, réécouté, bien sûr. Et ce Pierre-là est devenu chevalier, mon chevalier personnel, mon Quichotte à moi. Je le questionne souvent devant telle ou telle situation (je ne précise pas, vous rougiriez parfois). Et toi, Pierre, dans ce cas-là, que ferais-tu ? Il ricane. Mais je parle assez bien le ricanement. Alors je traduis. Et je suis son conseil, et je vais mon chemin.

Merci, monsieur Pierre.

Luis Rego

C'est dans un studio de Radio France que Claude Villers m'a présenté Desproges. Puis nous sommes passés à l'essayage des costumes pour l'émission *Le Tribunal des flagrants délires.*

Pierre avait enfilé sa robe rouge de procureur, mais il n'avait pas l'air de trouver ça drôle : « Dis donc, Claude, faut vraiment qu'on se mette en costume ? » Claude lui répondit : « Faut faire un effort, j'essaye de faire une émission originale, avec un décorum de tribunal. Tu sais, quand l'administrateur a vu sur le devis "location de costumes", il a fait un bond en disant : "Location de costumes ? à la radio ? et un chef éclairagiste ? Non mais…" »

Il faut préciser que jusque-là Pierre était journaliste, et ce ne fut que quelques années plus tard qu'il a tâté les planches, comme on dit quand on est de la partie, avec le succès que l'on sait.

Quant à moi, c'était plutôt l'inverse. Dans ma robe d'avocat ourlée de poils d'hermine, ça me rassurait plutôt, puisque je venais de la scène. Ce fut donc surtout dans nos déguisements respectifs et sur scène que j'ai eu le plaisir de fréquenter Desproges pendant deux saisons. Un plaisir quelquefois mêlé d'un peu de stress. C'est pas incompatible. Vous savez comment sont les acteurs, ils n'aiment pas beaucoup être en dessous du succès de leurs partenaires. Étant donné que le procureur Desproges faisait son réquisitoire avant ma plaidoirie, il était parfois difficile pour moi, l'avocat le plus bas d'Inter (attention, calembour) de passer après qu'il eut cassé la baraque. Un jour, il me dit : « Ça n'a pas l'air de te faire marrer quand je joue mes textes. » Je lui ai expliqué que le trac produisait des effets très nuisibles sur mon humeur.

C'est à cause de Desproges que je suis portugais. Il n'arrêtait pas de dire que ma tata Rodriguez m'envoyait de la morue par paquets fado. C'est pour cette raison que je l'ai surnommé « l'enfoiré de procureur », car si je m'étais moqué de sa francitude – c'est un nouveau mot pas encore admis par les académiciens –, cela n'aurait même pas arraché un sourire à notre public, composé essentiellement de Français. Va savoir pourquoi.

En dehors du boulot, on a souvent rigolé ensemble lorsque je l'emmenais en voiture et le déposais place de la République. Il m'a invité à dîner chez lui quelquefois, où j'ai pu admirer sa magnifique collection de cochons exposés dans le salon, dont une partie sur son piano à queue. Il y en avait de toutes sortes : en terre cuite, en bois, en fer, en porcelaine, en plastique, en composite. Il doit bien y avoir une explication psy des causes de la fascination du cochon, étant donné qu'ils ont des explications pour tout. Malheureusement pour vous, je ne la connais pas.

Bien sûr, je l'ai invité à dîner chez moi aussi – qu'est-ce que vous croyez ? Tiens, je me demande même si je ne lui ai pas préparé de la morue… Mais je n'avais que ma femme (hyper belle) à lui montrer. C'est tout. Moi aussi, j'aurais bien aimé avoir une collection de cochonnes mais je n'en ai jamais eu les moyens.

Je ne vais pas vous faire des citations de Desproges parce qu'elles sont dans ce livre que vous venez d'acheter ou qu'on vous a offert – je n'ose pas penser que vous l'avez volé. Par contre, je peux vous dire qu'il était agréable à vivre, comme camarade de travail, parfait. Je regrette peut-être de ne pas lui avoir assez dit que j'appréciais son talent, son impertinence, mais vous savez, la nature humaine, c'est comme ça, on est chiche pour les compliments aux autres et large lorsqu'ils nous concernent.

Je me souviens du jour où Jean d'Ormesson – qui n'est pas de gauche – était dans le box des accusés, et Desproges qui commençait son réquisitoire par cette phrase : « Monsieur le Président, mesdames, messieurs les jurés, la question est : d'Ormesson est-il un con ou pas ? » À l'époque, Canal n'existait pas encore, ni l'expression « grave mortel ! ».

Le jour où Le Pen était invité, ma plaidoirie n'a pas fait rire Desproges. Je m'en suis aperçu bien après en regardant les gros plans sur lui d'une vidéo.

Flash-back : il s'était disputé avec Villers parce qu'il s'opposait à la venue du sinistre personnage. Moi aussi j'avais gueulé, mais moins fort que lui.

Pendant son réquisitoire, il avait sorti sa célèbre phrase : « Peut-on rire de tout ? Oui, mais pas avec tout le monde. »

Pour ma part, j'avais choisi d'en rire. Pourtant, le fascisme, moi, j'ai baigné dedans jusqu'à l'âge de dix-huit ans. En fait, si je ne faisais pas rire Desproges ce jour-là, c'est qu'il avait failli ne pas venir à l'émission, tellement il était vénère. Et cela, je l'ai su bien des années après. Du coup, j'ai été touché rétrospectivement par sa réaction d'agacement. C'est vrai qu'être sur le même plateau que monsieur Jean-Marie, il y a de quoi attraper des boutons avec du pus dedans.

C'est paradoxal. Quand j'y repense avec le recul, j'ai envie de dire : « Merci, Pierre, de ne pas avoir ri à mon sketch. Je comprends d'autant mieux que j'ai fait de la taule dans mon cher pays natal. Mais d'un autre côté, je ne fais que corroborer ta proposition puisque mon sketch, justement, ne fait pas rire tout le monde. »

Mais Pierre, toi qui m'écoutes là-haut au Paradis, à côté de l'autre Pierre, le saint, tu suis l'actualité, donc tu sais bien qu'en ce moment nous avons un gouvernement qui a piqué la moitié du programme du Front national. Ma question posthume est celle-ci : qu'est-ce qu'on fait, on arrête de rire ? Ce serait idiot, parce que, par experience, je peux t'assurer que, avec les fachos, étant donné que tout le monde doit obligatoirement rire de la même chose, peu à peu on ne rit plus. Ou alors on rit tous de la même chose, ce qui revient au même. Alors, profitons-en tant qu'on peut et qu'on a les mâchoires en bonne santé. Si c'est pas maintenant, c'est quand, alors, qu'on va se marrer ?

Donc je sais que tu me pardonnes.

Renaud Séchan

« Cher Pascal Fioretto,

Je te remercie infiniment d'avoir eu cette si belle idée de me transmettre la demande de je ne sais plus qui concernant un ouvrage à paraître je ne sais où, rédigé par je ne sais quel aréopage d'écrivains d'occasion, de chanteurs à la con – surtout moi – d'humoristes à deux balles et de journaleux de mes deux, ouvrage à sortir à l'occasion de je me demande bien quelle date anniversaire symbolique genre "vingt ans déjà que Desproges mourit !", demande que je m'empresse d'honorer même si, comme tu le sais, enfoiré, cela me pourrit mon dimanche en famille près d'une bonne flambée dans la cheminée et devant Michel Drucker et sa chienne Olga que je connais bien et qui est très gentille mais lui aussi, flambée dont l'allumage quotidien m'échoit parce que ma femme sait même pas faire du feu, à peine se servir d'une perceuse et sûrement pas changer un pneu alors que moi je sais faire les ourlets et me mettre tout seul du mascara sur les cils quand la maquilleuse de TF1 me dit : "On touche pas aux yeux sinon ça fait pas naturel !"

Seul un véritable ami comme toi pouvait savoir à quel point je raffole des chroniques nécrologiques, des témoignages *post mortem*, des éloges funèbres et des "souvenirs intimes de mon meilleur ami à moi que j'avais" (et plus encore lorsqu'ils sont rédigés par ma pomme), oui, toi seul pouvais m'imaginer jouissant déjà à l'évocation émue de cette soirée d'octobre 1987 où Pierre (depuis, d'ailleurs, j'appelle Pierre tous les gens que j'aime) m'a dit, me voyant pousser la grille de son humble demeure de Chatou, où il mourit : "Tiens ! Bonjour, Renaud !", car il m'appelait Renaud, étonnant non ?

Toi seul pouvais savoir combien j'ai aimé à répondre présent aux 789 ouvrages de librairie, 594 émissions de télé et 1 783 de radio qui m'ont sollicité depuis vingt ans pour évoquer, la larme au coin de l'œil, de la bouche ou de la plume, mes sentiments émus à la mémoire d'un Coluche, d'un Desproges, d'un Frédéric Dard ou d'un Jean-Louis Murat, et combien j'excelle dans cet exercice de style ou de stèle si tu veux.

Aussi est-ce avec une infinie reconnaissance et une légitime fierté que je te pondrai ces quelques feuillets que tu as pour mission de me convaincre de te retourner la semaine dernière dernier délai, et ce aussitôt que la brigade de sapeurs-pompiers de Paris 14e aura quitté mon domicile puisque, comme tu ne l'ignores pas, Romane partageait avec toi le sentiment que j'avais monté le sapin de Noël de Malone beaucoup trop près de la cheminée.

OK, Pierre ?

Renaud »

Alain Rey

Pierre Desproges avait un vrai-faux défaut. Il aimait les mots plus que les gens, qu'il détestait en général, lui en particulier. Des mots, il adorait leurs deux faces, son et sens. Pour le sens, c'est simple ; c'est cela qui fait qu'on emploie tel vocable plutôt que tel autre, ce qui est bien commode. La preuve ?

Ce passage pas dépassé du *Manuel de savoir-vivre (à l'usage des rustres et des malpolis*, certes, mais peu importe) :

« Le Breton est têtu. Sinon pourquoi dirions-nous d'un Breton : "Il est têtu comme un Breton" ? Alexandre Vialatte, le plus grand écrivain français avant Dutour [est-ce de Jean Dutourd qu'il s'agit ?] et Poulidor, disait que · "Le loup est appelé ainsi à cause de ses grandes dents." De la même façon, le Breton est appelé ainsi parce qu'il est têtu. Je n'en démordrai pas. »

En effet, Desproges était nommé Desproges parce que mordant, il ne démordait jamais, et prénommé Pierre parce que « sur cette pierre je fonderai ma boutique », disait Jésus. Comme Lewis Carroll, Desproges pratique la folle logique du langage.

Malgré sa bien connue et hilarante méchanceté, qui le conduit souvent aux pires excès de langage, Desproges, comme toute personne bienveillante et désireuse de rendre service à son hideux prochain, a fait un dictionnaire. Et je sais de quoi je parle... J'ai donc été sensible à l'attention qui l'a incité à ne pas m'envoyer son *Dictionnaire superflu* (*à l'usage de...*, c'est une manie chez lui) et d'attendre qu'il soit mouru pour que le hasard vînt, de sa flèche aiguë, frapper mon œil de ce titre en une quelconque librairie de petite surface

J'ouvris l'ouvrage, et que vis-je en la page 7, qui était la première ? – Voyez la perversité des éditeurs. Que ce dictionnaire ne comportait « qu'un seul mot par lettre de l'alphabet ». Créditant la dernière édition du *Petit Robert* de 40 000 mots – ce qui est trop peu, mais ça n'importe nullement au propos –, Desproges s'enorgueillissait du fait que son dictionnaire comportait « 39 994 mots de moins que son plus sérieux concurrent ». Idée admirable, que celle qui consiste à célébrer un tel ouvrage par l'exclusion de la plupart des mots, en géneral immondes, imbitables, mal foutus, imprononçables, inécrivables, pénibles, chiants, j'en passe..., qui encombrent les pages de tous les lexiques « concurrents » (sûr que Desproges employait ce mot honorable parce qu'il commence par *con*). Choisir comme con et current primordial le dico que j'eus l'insigne honneur et la peine extrême de composer avec une troupe misérable de mes semblables, sous le fouet impérieux d'un éditeur cupide, c'était un hommage d'homme à homme, ou je ne m'y connais pas. Aussi Pierre Desproges, rédigeant son propre vocabulaire, eut 39 994 raisons d'être moins torturé par la conscience et le capitalisme, l'une professionnelle et l'autre libéral, qui mènent le petit monde du livre.

Desproges, mon prochain. C'est ce que doivent se dire ses lecteurs et ses innombrables lectrices, qui ricanent à la fois de ses saillies – quel étalon, ma chère... –, de ses farces et de ses attrapes, de sa vacherie pleine de grâce (comme un Ave Maria), de ses incongruités puériles et malhonnêtes, de son humour ravageur volontiers tourné contre sa fragile et irremplaçable personne (des pages à mourir de rire sur le cancer qui finit par l'emporter).

En attendant, il nous emporte avec ses mots là où il veut, dans cette haine ordinaire, qui recouvre la peine extraordinaire avec laquelle il constate la, sa, votre, notre, leur piteuse médiocrité, basse ambition, sotte assurance et autres qualités bien de chez nous et par ailleurs autant d'ailleurs. La nature humaine pleine de génétique et de culture, en somme.

Desproges aimait les mots, disais-je. Au point de les

déshabiller, de les renverser, le malhonnête, de les baiser et de leur faire plein d'enfants dans le dos. Il avait ses petites manies récurrentes, le fameux mot-signature qui fait reconnaître par le plus crétin des télé-spectateurs l'émission qu'il regarde, genre *Minute de monsieur Cyclopède*. Les publicitaires le savent, et les génies des médias aussi. Étonnant, non ? La formule à retour, bien choisie, finit par éclater – de rire : dans étonnant, il y a tonnant ; c'est tout Jupiter, ça ! Exemple franco-marseillais, ces phrases finales des *Chroniques de la haine ordinaire* : « Quant à ces féroces soldats, je le dis, c'est pas pour cafter, mais y font rien qu'à mugir dans nos campagnes. » Avec variantes originales, pour le même prix : « y font rien qu'à nous déflorer les entrecôtes », « quant à ce sang impur, et cætera, y fait rien qu'à abreuver nos sillons ». Et il y eut, souvenez-vous, cette formule calendaire : « Quant au mois de mars, je le dis sans aucune arrière-pensée politique, ça m'étonnerait qu'il passe l'hiver. »

Justement, en l'absence de leur proférateur, les paroles de Desproges ont passé plusieurs hivers et continuent d'abreuver nos sillons. Je convie les nouveaux lecteurs à le lire et les nouveaux critiques à scruter mais dans la rigolade, sa manière unique de détourner les mots, bien plus nombreux que dans son mini-dico – au moins 39 994, je parie –, qu'il connaît, manipule et triture, les pressant tels des citrons, pour en faire ce jus amer et roboratif que nous aimons.

Yves
Riou

Desproges ne regardait jamais sa montre quand il était dans sa cave, il était hors du temps comme s'il voulait vieillir à côté de ses chères bouteilles, comme si le vin représentait le seul espoir à venir, comme si sa chère obsession de la mort ne le poursuivait plus dans cette sépulture dédiée à Bacchus. À la cave, sa bonne humeur n'était jamais bouchonnée. Sur les robes des vins, il était intarissable, on dégustait un élixir bordelais et après, il vous servait un nectar de verbes. Dans ces moments-là, l'homme qui bousculait les mots était d'une simplicité grandiose, son regard pénétrant vous forçait à donner les meilleurs crus de votre vignoble cérébral, sa verve vous faisait exploser les papilles et son rire en cascade vous faisait presque croire en Dieu.

Avec délicatesse et amour, Desproges taillait ses phrases comme un vigneron coupe sa vigne, sans jamais boire l'eau plate du robinet des idées reçues. Tel le vigneron qui se bat contre les pucerons et les parasites, lui, menait une guerre perdue d'avance contre les clichés, les raccourcis, les postures et les modes de pensée. Tout au plaisir de la dégustation, cela ne l'empêchait pas de marteler son mépris contre les nouveaux philosophes et les nouveaux concepts à la mode. Entre un graves et un santenay, le procureur dégustateur se lançait dans un réquisitoire contre la rapacité de Giscard, le cynisme de Mitterrand, la veulerie de ses courtisans, l'apothéose du fric. Après un morceau de camembert qui lui « fai[sai]t rire le ventre » et un verre de graves qui l'emmenait au ciel, il vilipendait les dévots de Marguerite Duras, qu'il avait surnommée « l'apologiste sénile des infanticides ruraux », en référence à sa prise de position dans l'affaire Grégory. Ensuite, il lançait un tir groupé contre tous les « ismes », du communisme au structuralisme, en passant par le charlatanisme des psychanalystes. Et en remontant l'escalier de sa cave, il fulminait contre cette étiquette d'anarchiste de droite qu'on lui avait collée, pourtant il n'avait d'affection ni pour la bande à Bonnot ni pour la bande à Chirac.

Dans sa cave, je le voyais comme un hobereau écartelé entre les vignobles du Bordelais et les terroirs de Bourgogne, comme un Don Quichotte qui monte à l'assaut des moulins à vent de la bêtise, armé de son seul tire-bouchon.

Un jour d'avril, un crabe a décidé que Pierre Desproges ne participerait plus à la comédie humaine. Dorénavant, il sieste tranquillement sur une colline parisienne où demeurait jadis le père Lachaise. Cet ancien jésuite, confesseur de Louis XIV, lui a trouvé une place juste à côté de Frédéric Chopin. Il paraîtrait, d'après leur voisin de palier Michel Petrucciani, qu'ils s'entendent très bien. Pierre s'est habitué à la musique de Frédéric, qu'il n'appréciait pas trop de son vivant, et Frédéric s'amuse beaucoup des blagues de Pierre. Surtout quand celui-ci tyrannise Félix Faure, leur voisin du dessous. Pierre n'arrête pas de titiller l'ancien président de la Troisième République, qui était mort à l'Élysée dans les bras de sa maîtresse. Il veut, à tout prix, savoir si Félix avait joui avant ou après sa mort. Le pauvre Félix ne se rappelle plus très bien les détails, cela fait quand même plus de cent ans qu'il l'a prise dans ses bras, il se souvient seulement qu'elle l'avait surnommé « mon biquet » et lui l'appelait « ma pétroleuse ». N'ayant toujours pas la bonne réponse, Pierre insiste, il ne lâche plus le « biquet », qui, épuisé par tant d'insistance, n'a plus qu'une seule idée en tête : dormir en paix. Et Pierre s'empresse de conclure la conversation avec un de ces aphorismes dont il a le secret : « Si c'est les meilleurs qui partent les premiers, que penser alors des éjaculateurs précoces ? »

Bien sûr, Frédéric et Pierre ont encore beaucoup de temps devant eux pour se raconter leur vie, mais

Pierre en a déjà plus qu'assez des histoires de Frédéric avec Maria Wodzynska, de cet ultime amour, ce mariage qu'elle a refusé, cette injustice amoureuse insupportable, sans compter cette douleur qui ne guérira jamais. Quand Pierre n'en peut plus d'écouter la ritournelle de l'amour envolé, il se retourne de l'autre côté et demande à Michel Petrucciani des nouvelles de Pierre Bourdieu, qui loge dans une autre allée. D'après Michel, il se sentirait bien seul parmi les maréchaux d'Empire, qui se repassent en boucle la bataille de Waterloo.

À part ça, Chopin reçoit beaucoup de visites, trop selon Pierre, qui aime bien sa tranquillité. Pourtant, il apprécie de voir des jeunes défiler et s'arrêter devant chez lui pour discuter. Ils ne le recouvrent jamais de ces horribles fleurs en plastique et ils ont souvent le sourire, alors que, devant chez Chopin, c'est plutôt le marché aux fleurs arrosées par des torrents de larmes. Il se rend compte alors que ses textes ne sont pas tombés dans les oubliettes.

Récemment, nous flânions avec mon camarade Philippe Pouchain, lui aussi grand amateur de dégustations « desprogiennes », du côté de la rue de la Mare à Belleville, où Pierre habitait, juste à côté de la rue des Pyrénées. Comme par enchantement, nos papilles se sont réveillées et nous avons été boire un petit chablis au bistrot du coin.

Vincent Roca

« Mon cher Vincent,

As-tu songé à ces quelques mots que tu devais nous écrire pour "l'anniversaire" de Desproges ?

Roll. »

« Mon cher François,

Oui, j'y ai pensé. Mais j'y arrive pas ! C'est trop gros ! Chais pas par quel bout… l'homme a tout dit… Qu'est-ce que tu veux que j' rajoute ??? Chuis la petite souris Roca devant la montagne Desproges. Elle va quand même pas le déplacer… Je pose un mot sur le papier, je l'entends qui éclate de rire ! Il pouffe ! Pouffe, pouffe ! Je réécoute ses plaidoiries : des claques ! Je me prends des claques ! Comment me présenter sérieusement devant un micro après ça… La bonnette du micro a la tête de Desproges. Mon stylo, c'est la jambe de Desproges. Elle se retourne contre moi et je me prends un coup de tatane dans le plexus. Mon papier est tout chiffon. Il se froisse. Je cale. J'attaque une phrase… Arrivé au bout, je pose péniblement un point sur la ligne. Et je me dis que Desproges, lui, aurait continué à gambader, à semer des kyrielles d'adjectifs, à planter des allées d'adverbes, il avait le souffle, il volait à dix centimètres du sol, il faisait des claquettes avec les mots, il dansait. C'était un épéiste. Il disait avec des fleurets. Pas mouchetés. Sabre émouvant. Glaive illimité. Le cimeterre des élégants. Dague man. Au fourreau et au malin. Rapière, Desproges.

Il est parti. Rupture d'estoc. Et moi je m'escrime. Désolé.

Vincent. »

Laurent Ruquier

Comme, chez moi, on ne lisait pas *L'Aurore* et qu'on n'écoutait pas France Inter, c'est forcément grâce à la télévision qui n'avait pas trop de chaînes et encore quelques vertus que j'ai dû découvrir Pierre Desproges pour la première fois ; ça devait être dans *Le Petit Rapporteur* ou même aux *Jeux de 20 heures*… Peu importe, je suis vite devenu accro au point de faire faire le grand voyage au bouton du transistor familial de RTL jusqu'à Inter, la radio qui avait quelque chose entre les oreilles. Pas au point de m'abonner à *L'Aurore*, fallait quand même pas exagérer ! Je n'avais donc que dix-sept ou dix-huit ans quand il me fut permis d'écouter *Le Luron de midi* et le fameux *Tribunal des flagrants délires*, encore que, étant sur les bancs du lycée à cette heure-là, je ratais – déjà – quelques audiences.

C'est donc avant tout grâce au petit écran, dans les premières années mitterrandiennes, que j'eus enfin droit à ma dose quotidienne de Desproges grâce à *La Minute nécessaire de monsieur Cyclopède*, diffusee sur FR 3. Chaque soir, je devais convaincre mes parents que, oui, « voyons si la Sainte Vierge est malpolie », « euthanasions un kamikaze » ou « sachons cacher notre joie à l'enterrement d'un être cher » C'était très drôle !

Drogue, je ne manquai evidemment pas d'aller l'applaudir quand il se lança sur scène et fut de passage dans un espace culturel de la banlieue havraise. Hélas, tâtant déjà du micro pour une radio locale, j'eus aussi l'occasion de l'interviewer, un Nagra sur l'épaule.

Pourquoi « hélas » ? Parce que j'étais sûrement un peu cabotin, que j'avais voulu faire mon malin, que le bonhomme n'avait sûrement pas très bon caractère, et que mes questions que j'espérais donc drôles, essentiellement portées sur sa haine pour les garçons coiffeurs, ne l'avaient pas fait marrer du tout, au point qu'il me balança · « C'est moi qui dois être drôle, pas vous ! »

La piqûre de désintoxication passée, j'oubliai vite ce mauvais souvenir pour ne retenir que mon admi ration intacte et tenter aujourd'hui de me rappeler, a chaque fois qu'on m'interroge, qu'il faut excuser les maladresses de ceux qui ont moins d'expérience

Je tiens tout de même à rassurer ceux qui connaissent Desproges par cœur : je ne suis pas l'animateur de radio libre qui lui posa la question qu'il retenait comme la plus con lui ayant jamais été posée ; il la citait souvent en mauvais exemple : « Pierre Desproges, vous critiquez le cancer ; de quel droit ? »

Bien après l'incroyable dépêche AFP « Pierre Desproges est mort d'un cancer. Étonnant, non ? » – la première idée de son épouse fut, paraît-il, « Pierre Desproges est mort d'un cancer sans l'assistance du professeur Schwartzenberg » –, Renaud préfaça un livre intitulé *Fonds de tiroir*, qui recueillait quelques textes inédits de Desproges, parmi lesquels un hommage à l'humoriste comédien Pierre Doris, l'un des pionniers de l'humour noir, que monsieur Cyclopède considérait comme un de ses maîtres.

Pierre Doris est toujours là, c'est aussi l'un de mes maîtres. Les médias préférant, en règle générale, les comiques morts – pour la simple raison qu'on sait à l'avance ce qu'ils vont dire –, ces quelques lignes qu'on m'a demandé d'écrire sur Pierre Desproges sont aussi l'occasion pour moi de saluer Doris de son vivant

Pierre Desproges, Pierre Doris… Je m'aperçois que j'ai eu deux PD pour maîtres.

Amusant, non ?

Bruno Salomone

Desproges Pierre : maître incontesté du caustique. Maniement magistral de l'éloquence. L'art de l'autoderision bien placee, et la haine des cintres très justifiée

Tel un electron libre de nos tubes cathodiques devenus plasma, il a su apporter l'absurde et la hardiesse sur nos petits écrans, qui sont désormais en grave penurie d'insolence.

Que dirait Desproges aujourd'hui : « Étonnant, non ? », ou alors « C'était prévisible ! » ?

Aurait-il éte censuré malgre sa perfection littéraire ?

Provocateur de luxe des librairies, il domptait la langue française comme personne, et je sais de quoi je parle . je suis français

En ecoutant ses dernières volontés, on se dit qu'il était plus humble que la majeure partie de ceux de nos contemporains qui se sentent élevés parce qu'ils frisent l'impertinence, et qui prennent bien soin de se ranger eux-mêmes dans la catégorie « subversif ».

Sans faire de la nostalgie de comptoir, ni céder au dogme du « c'était mieux avant », je pose la question : quoi de plus noble que de jouer avec sa propre mort ? Chez Desproges, c'était de la haute voltige !

Son talent, ses mots si justes, ajoutés à sa discrétion et à sa modestie, font incontestablement de lui un maître. Rien de convenu dans sa provocation : surprenant à chaque virgule, étonnant l'auditoire « en douceur ».

Je souligne l'interprète, dont on ne parle que très rarement : fâcheuse manie française qui consiste à penser qu'un individu seul en scène et s'adressant au public… n'est pas un comédien…

Mais la voix légère de Desproges, sa sobriété, son timbre sarcastique, son débit, son phrasé fluide, ses ruptures de ton…, si ça n'est pas de la comédie, qu'est-ce donc que la comédie ?

Il faut rendre à César ce qui appartient à Desproges, agitateur de conscience, et même d'inconscience. D'un héroïsme renversant, ayant pour seule arme cette plume bien aiguisée, avec laquelle il n'hésitait pas à pointer les plus puissants de notre société.

Un Zorro vêtu de blanc.

Quand on pense qu'il ne figure même pas dans le *Larousse* ! Jalousie, peut-être : n'avait-il pas en effet créé son propre dictionnaire ?

Comme il disait : « Si on ne parlait que de ce qu'on a vu, on dirait moins de conneries », et comme je ne l'ai jamais rencontré, je me tais…

Et je laisse l'écho de ses mots bercer notre héritage desprogien.

Tignous

DESPROGES NE ME FAISAIT PAS RIRE, IL ÉTAIT TROP DE DROITE !
MOI NON PLUS IL NE ME FAISAIT PAS RIRE, IL ÉTAIT TROP DE GAUCHE
ÉTONNANT, NON ?
TIGNOUS

Yann
VDB

« Mon ami Pierrot,

Si je fais preuve d'une telle familiarité, exécrable, j'en conviens, dans la mesure où je ne t'ai jamais connu, c'est parce que, à l'occasion de cet anniversaire, me revient en mémoire une comptine qui aurait pu bercer Ondon et Ondine.

Au clair de ta plume
Mon ami Pierrot
Sous ton amertume
Je rêvais de mots
Ta gouaille est morte
Tu n'es plus que « feu »
Ton œuvre me porte
Je suis beaucoup mieux
(Chanté, c'est rigolo.)

Cette écriture au fil de laquelle, à l'aide d'un art quasi culinaire, tu savais mélanger culture, humour et puis subitement, très brièvement, un trait grossier sans jamais être vulgaire… ou le contraire, je ne sais plus, saupoudré par je ne sais quelle muse divine, venait surprendre l'admirateur fou que j'étais.

Pierrot répondit
Si j'avais une plume
Ce n'est pas ici
Mais dans la voisine
Que je la mettrais
Car dans sa cuisine
Elle fait qu' m'exciter

Et puis ce cancer que tu défies, que tu brocardes par des salves de mots dont le premier degré nous a tous échappé (« Cherchez l'intrus : métastase, Schwartzenberg, espoir »).

Au clair de ta plume
Un crabe malin
Et son souffle posthume
Gardent un ton mutin

Ce que je regrette le plus avec tout l'égoïsme dont je suis capable, c'est les trente ou quarante ans de bonheur supplémentaires que tu ne m'as pas donnés.

… C'eut été un rhume
Y aurait pas eu "Fin"…

J'aurais aimé être ton ami, Pierrot. »

Claude Villers

« Françaises, Français, Belges, Belges… », « Mon président mon chien… », « Public chéri, mon amour… »

Bien sûr…

Je garde toujours précieusement des photos ou des enregistrements du *Tribunal des flagrants délires*, mais je n'en ai pas besoin pour me souvenir de ce procureur général impitoyable, très haut serviteur de la vraie justice (c'est-à-dire la plus injuste), dressé dans l'austère robe rouge sous laquelle, on le sait, battaient… « [sa] hargne et [son] courroux… coucou ».

Je le vois toujours ne pas hésiter à pulvériser les dires du prévenu, forcément coupable des pires maux, ou invectiver en termes choisis l'avocat de la défense « comique d'office » Luis Rego, baptisé entre autres gentillesses (d'après le nouveau ministre de la Justice de 1981) « l'avocat le plus bas d'Inter ».

De sa voix tour à tour claironnante ou apaisée, tendre parfois, il assénait les pires atrocités imaginaires ou cruautés réelles, l'air de ne jamais croire un traître mot de ses formules assassines.

Face à Jean-Marie Le Pen, c'est Desproges, pas particulièrement gauchiste, qui commence son réquisitoire par : « Le problème, Monsieur le Président, n'est pas de savoir si l'on peut rire de tout, mais avec qui ! » Et plus loin : « … il y a plus d'humanité dans l'œil d'un chien qui remue la queue que dans la queue de Le Pen qui remue son œil ». Et l'autre ne cherchant pas à quitter son banc d'infamie (non gardé). Pas plus que l'académicien Jean d'Ormesson quand le « proc » lance : « Jean d'Ormesson est-il un con ou n'est-il pas un con ? »

Je n'en finirais pas d'aligner les citations de bon ton, mais je suis sûr que vous aussi.

Je ne suis pas très doué pour les hommages posthumes, en jouant les veuves éplorées.

Je préfère saluer l'impertinence et l'insolence d'un auteur de son vivant.

D'ailleurs, lui-même, j'en suis certain, n'apprécierait guère. Lui qui écrivit (dans le quotidien *L'Aurore*) à la mort d'un de ses maîtres, Francis Blanche, en 1974 : « Messieurs les partisans de la commémoration-souvenir, s'il vous plaît, rangez vos discours, ne lancez pas de souscription, laissez les sculpteurs à leurs vacances*. C'est vrai, Francis Blanche est mort, et c'est bien triste. Mais l'un des plus grands souhaits

* NDR : nous sommes en juillet 1974.

de sa vie était qu'on transforme en statues tous les gens qui se prennent au sérieux. Alors, on vous en prie, ne le mettez pas sur un piédestal, vous offenseriez sa mémoire. On peut affirmer, au risque de faire bondir une meute d'intellectuels, qu'il y avait du Boris Vian dans Francis Blanche. L'un et l'autre avaient du génie. Ils étaient de ces gens éclectiques au talent butineur, incapables de s'arrêter à une seule fleur, tant le champ de la vie leur semblait vaste… »

À l'image de Blanche, Pierre Desproges aimait aussi sérieusement le rire, les bons mets, les bons mots, et donc… la vie.

Au paradis, je suis sûr qu'il est assis à la droite de Dieu, lui qui affirmait : « … c'est normal, c'est la place du mort… »

L'œuvre édifiante
de l'excellent
Pierre Desproges

classée
en 24 rubriques
rigoureusement
fantaisistes
et très
indispensables

Les phrases en italiques sont de Damien Panerai.
Tout le reste est de Pierre Desproges.

LISTE DES ABRÉVIATIONS DES LIVRES DE PIERRE DESPROGES CITÉS DANS L'ANTHOLOGIE

CHO	*Chroniques de la haine ordinaire*, tome I
CHO2	*Chroniques de la haine ordinaire*, tome II
TFD	*Les Réquisitoires du Tribunal des flagrants délires*, tome I
TFD2	*Les Réquisitoires du Tribunal des flagrants délires*, tome II
LESN	*Les étrangers sont nuls*
DSEBN	*Dictionnaire superflu à l'usage de l'élite et des bien nantis*
MNC	*La Minute nécessaire de monsieur Cyclopède*
TDS	*Textes de scène*
VH	*Vivons heureux en attendant la mort*
MSV	*Manuel de savoir-vivre à l'usage des rustres et des malpolis*
FQT	*Des femmes qui tombent*
LPR	*Le Petit Reporter*
LA	*L'Almanach*
FDT	*Fonds de tiroir*
DIV	montage de citations extraites de divers volumes
HD	archives Hélène Desproges

Tous les ouvrages cités sont disponibles en Points, à l'exception de *L'Almanach*, publié aux éditions Payot et Rivages.

116 apostrophes pour impressionner l'audience d'un tribunal

TFD Françaises, Français,
Belges, Belges,
Suisses, Suisses,
Corses, Corses,
Socialistes, socialistes,
Camarades, camarades,
Extrémistes, extrémistes,
Bougnoules, bougnoules,
Fascistes de droite, fascistes de gauche,
Rouquines, rouquins,
Coquines, coquins,
Mesquines, mesquins,
Vilebrequines, vilebrequins,
Mannequines, mannequins,

Poitevins, Poitevines,
Vaniticases, Vaniticais,
Topinambourgeoises, topinambourgeois,
Topinenseinémarne, topinoportugal,
Lichtintaines et lichtintins,
Zimbabouines, zimbabouins,
Stéphaniphontaines, Stéphaniphontains,
Portoricaines, Portoricains,
Porto minable,
Porto rouge, porto blanc,
Porta droite, porta gauche ?

Loirettes, Loirets,
Clermont-Fernandes, Clermont-Fernands,
Solognonotes, Solognonots,
Chartrouilleuses, tripoteurs,
Beaucerons, feignasses,
Territoires d'outre-Mer, territoires d'outre-Père,
Mères siffleuses, Pères siffleurs,
Bananiettes, Bananiers,
Berlusconnards, Berlusconnasses,
Wallons rouges, Flamands roses,
Charleboises, Charlebois,
Pétillonnes, Pétillons,
Chère Claire, cher sombre,

Morvandelles, morvandaux,
Mortadelles, mortandaux,
Barjavelles, barjavots,

Tourterelles, tourtereaux,
Isabelles, isabeaux,
Damoiselles, damoiseaux,
Jouvencelles, jouvenceaux,
Maquerelles, maquereaux,
Béchamels, beaux chameaux,
Pucelles, puceaux,
Marcel, Marceau,

Charlottes, charlots,
Tourangelles, tour Josiane,
Tour Colette, tour Lulu, tour de taille,
Tennismaniennes, tennismaniens,
Bretonniennes, bretonniens,
Nantonoises, nantonnoirs,
Schizophrènes, schizo-freins,
Névropathes, névrosés,
Sexopathes, sexogenoux,

Ô toi, glorieux Massif central aux sommets en friche,
Mon président français de souche,
Monsieur le président de pacotille,
Mon cher Massif central entre le bœuf et l'âne gris,
Monsieur le juge de touche,
Monsieur le président de carnaval,
Monsieur le Massif central au sommet dégarni par la violence du vent de l'histoire,
Mon président mon chien,
Ma maîtresse ma chienne,

Mon gros chien, mon gentil chien, mon saint Michel, mon saint Bernard,
Mon président pour du beurre,

Monsieur l'avocat pour de l'huile d'olive… rance,
Monsieur le ténor du fado,
Troublante et pulpeuse soprano du barreau,
Mon émigré préféré,
Consternante raclure du barreau de mes deux chaises,
Mon avocaillon rikiki de type ibérique,
Mon petit barreau poilu,
Maître ou ne pas maître, voilà la question,
Monsieur l'avocat le plus bas d'Inter,

Chère Liane de Moitié,
Majesté (c'est le roi de la défense passive),
Monsieur le Comte,
Madame l'ex-future présidente,
Quilaises, Quilais,
Mademoiselle Le Pen, mademoiselle Le Pen,
Mademoiselle Le Pen, madame Le Pen,
Mon cher Mitterrand, (vous permettez que je vous appelle Mitterrand ?)
Monsieur le rempailleur de vieux mythes,
Monsieur l'éditeur maudit du Tout-Paris,
Monsieur le roucouleur maghrébin bien parisien,
Monsieur le metteur de pieds dans le petit plat dans les grands,
Monsieur le journaliste vroum-vroum,

Monsieur le chanteur de cheval,
Monsieur l'écraseur de nos champignonnières françaises,
Poids lourds, poids plumes,
Canards, canettes, canetons, canes,
Pauvre Cohn (vous permettez, Daniel, que je vous appelle Cohn),

Mon cher meilleur,
Mon bon doudou,
Ma chère petite follette,
Chère Melina, chère Edmonde, chère Danielle,
Chère Eva, chère Laurence,
Chères starlettes du festival de connes,
Cher Olof Palme, cher Papa… Andréou,
Gentils membres-z-et gentilles zézettes,
Cher public, Catherine chérie !
Pardon chère Catherine, public chéri,
Serre zorge-Jean… Cher Georges-Jean (vous ne pouvez pas vous appeler François comme tout le monde ?)
Monsieur le détourneur de moyens de transport bien parisiens,
Mon rocker chic récupéré aux immensités blanches,
Monsieur Super-Biniou,
Monsieur le détourneur infantiliste,
Monsieur le jovial roucouleur pyrénéen, pouf pouf, roucouleur grec,

Chers chanteurs apatrides et polyglottes,

Mesdames et messieurs les jurés vendus d'office,
Public chéri, mon amour,

Bonjour ma hargne, salut ma colère, et mon courroux… coucou.

5 sortes de mots communs volontairement écartés du Dictionnaire superflu à l'usage de l'élite et des bien nantis

DSEBN 1. *les gros mots*, comme bite, couille, liberté, etc.

2. *les mots incompréhensibles*, comme zérumbert, galipoute, honk, cancéropaf, etc.

3. *les mots imprononçables*, comme pneumnomnie, afctuel, bcnht, etc.

4. *les mots qu'on sait pas si y a deux n*, comme conard, cannard, etc.

5. *les mots qui font de la peine*, comme enculé.

9 manières d'accommoder les principes sacrés de la religion

I. GENÈSE

FDT Le premier jour, Dieu dit : « Que la lumière soit. » Et la lumière fut. Le deuxième jour, Dieu créa le ciel et les étoiles, et les planètes. Le troisième jour, Dieu créa Line Renaud, ce qui nous explique, avec le recul, qu'elle soit moins fraîche aujourd'hui. Le quatrième jour, Dieu dit : « Que la Terre soit. » Et la Terre fut, avec ses ruisseaux pleins de gaieté, ses arbres pleins d'oiseaux et ses animaux pleins de poils. Alors vint le cinquième jour, et Dieu créa la mer profonde et insondable aux multiples rivages et aux abysses infinis où, tandis que le requin chasse, le mérou pète.

Le sixième jour enfin, Dieu contempla son œuvre et se dit soudain que toute cette splendeur ne servirait à rien s'il n'y mettait un être supérieur qui pourrait dominer ce trésor inépuisable. Alors Dieu dit : « Que l'homme soit », et le con fut.

Le septième jour, Dieu se reposa, car c'était son jour, et parce qu'il avait fait tout seul les trois-huit. Il était très satisfait de son œuvre et contemplait l'homme qu'il avait créé à son image.

Et Dieu dit encore : « Tu t'appelleras Adam, tu me rendras grâce et louanges car c'est moi le patron, et tu vivras en paix dans l'Éden que j'ai créé pour toi, parmi les fleurs étranges aux mille senteurs inconnues et dans la douceur incroyable d'un été sans fin. Va et sois heureux, Adam. Le lion royal et l'humble chèvre sont tes amis, ton Dieu veille sur toi et les petits déjeuners sont servis dans la chambre jusqu'à neuf heures trente.

« Merci, mon Dieu, de me combler ainsi, dit Adam. Merci pour les fleurs, et pour le lion royal. Et merci pour l'humble chèvre. Dommage qu'il n'y ait pas de gonzesse ! » Alors Dieu, du haut de son infinie miséricorde, entendit l'ultime vœu de sa créature qui l'implorait à genoux, infiniment vulnérable et attendrissante avec sa petite âme mesquine et ridicule, dans ce corps tout nu, anarchiquement velu, le tout déjà bourré d'angoisses existentielles insolubles : « Qui suis-je ? Où suis-je ? Où vais-je ? Quand est-ce que c'est Noël ? »

Alors Dieu dit : « Que la femme soit ! » Et la femme jaillit de la côte d'Adam, splendide et nue, et les anges s'extasièrent car c'était la première fois qu'on voyait une femme à poil sur la Côte.

Puis Dieu dit à la femme : « Allez en paix tous les deux dans mon paradis, chantez, dansez, embrassez qui vous voulez, mais surtout, surtout, j'insiste, ne touchez jamais au fruit défendu, il est traité au diphényl-tétra-chlorobenzène. »

De ce jour, Adam et Ève connurent un bonheur exquis. Ils ne connaissaient pas le froid, ni la faim, ni la peur, ni la maladie, ni Julio Iglesias !

De l'aube au couchant, ils passaient leur temps à courir au ralenti dans les champs de coquelicots comme dans les films de Claude Sautet.

Mais l'ignoble, l'immonde, le chafouin, le répugnant, l'infâme, la bête, le monstre, Satan, Méphisto, Belzébuth le Malin, le Diable veillait. Il était laid comme un concerto de Schönberg. Habilement grimé en vipère commune, il se cacha dans l'arbre aux fruits défendus. Quand Ève passa sous l'arbre, il laissa glisser son corps glacé autour du cou diaphane de la pulpeuse jeune femme dont les seins lourds auraient joué librement sous le léger corsage de soie, si elle avait porté un léger corsage de soie.

« Femme, dit le Diable, prends ce fruit superbe et gorgé des mille sucs divins de l'éternel paradis. »

« Miam, miam, dit Ève en croquant dans la golden maudite. C'est tellement bon que c'est presque un péché. »

Et elle en fit croquer un morceau à son concubin.

Alors la colère de Dieu fut terrible. Et c'est depuis ce jour-là que l'homme, à jamais chassé de l'Éden, doit racheter sa faute par le travail. Dieu est peut-être éternel, mais pas autant que la connerie humaine.

II. *ORAISONS VARIÉES*

DIV Les Eskimos sont très friands de phoque. N'est-ce point là la preuve tangible de l'infinie bonté de Dieu ? Car enfin, cornecul, si Dieu était méchant, il aurait fait les Eskimos friands de maïs et les Swazilandais friands de phoque, et la face du monde en eût été changée.

DIV Remercions, mes frères, le Tout-Puissant qui règne là-haut en son divin royaume, entre la bouche d'aération de la tour Montparnasse et la zone stratosphérique à l'abri de l'anticyclone des Açores qui, après dissipation des brumes matinales, cédera la place à un temps plus doux au nord d'une ligne Strasbourg-Berlin.

DIV Dieu me tripote,
Dieu me turlute,
Dieu me crapahute,
Dieu m'épate, oui mais des Panzani,
Dieu m'écartèle, si possible sous anesthésie générale,
Dieu m'émascule, si possible au laser ça fait moins mal,

Dieu me tire-bouchonne,
Dieu m'émoustille (merci mon Dieu),
Dieu me shoote, si possible pas dans la gueule, ça me décoiffe,
Dieu m'enfourche à Longchamp dans la quatrième,
Dieu m'accouche, si possible sous péridurale,
Dieu m'entraîne, si possible pas au Parc des Princes ça me ferait gerber,
Dieu m'embrasse, si possible pas sur la bouche – on ne sait jamais.

III. *CATÉCHISME*

DIV Prenez un papier et un crayon, mettez-vous a genoux sur le carrelage. Bien.

La religion

DIV C'est une défense naturelle qui permet à ceux qui la possèdent de supporter relativement bien la vie en s'autosuggérant qu'elle a un sens et qu'ils sont immortels.

Judaïsme

DIV N. m. : religion des Juifs fondee sur la croyance en un Dieu unique, ce qui la distingue de la religion chretienne, qui s'appuie sur la foi en un seul Dieu, et plus encore de la religion musulmane, résolument monothéiste

Jésus-Christ, dit « le Nazaréen »

DIV Célèbre illusionniste palestinien de la première année du premier siècle pendant lui-même.

Rois mages

DIV Les Rois mages étaient trois. Il y avait César, et pis Marius, et pis Fanny.

Eucharistie

DIV Dieu, hostie ou pas, est un plat qui se mange froid.

N'importe quel chrétien venant de recevoir l'Eucharistie vous le confirmera : Dieu fond dans la bouche, pas dans la main.

Le Paradis

DIV Qu'est-ce que le Paradis ? Le Paradis est un club privé réservé en priorité aux imbéciles et aux infirmes : « Bienheureux les pauvres d'esprit ! Bienheureux ceux qui souffrent dans leur chair. Le Royaume des Cieux leur appartient », dit l'Écriture.

Si l'on n'a pas la chance d'être infirme ou imbécile, on peut tout de même espérer connaître le Paradis à condition d'en baver un maximum sur la Terre avant de mourir cocu et si possible dans la misère, avec le téléphone coupé, et le magnétoscope en panne, et tout, et tout.

Mais, direz-vous, à quoi bon avoir souffert le martyre pendant toute une vie, si c'est pour se retrouver finalement dans un club privé plein d'infirmes et d'imbéciles ? Je vous répondrais qu'il ne faut pas s'étonner de voir la cour des Miracles dans le jardin des délices.

Et puis, au Paradis, on est à la droite de Dieu. C'est normal, c'est la place du mort. Et il vaut mieux être assis à la droite de Dieu qu'à la gauche d'Ella Fitzgerald, car Dieu ne prend pas toute la place sur le banc, lui.

Noël

DIV Noël est le seul jour de l'année où les hommes se conduisent comme les oies du Périgord, mais sans se forcer.

DIV Noël célèbre la naissance de Jésus-Christ, fils de Dieu, venu sur terre pour effacer les péchés du monde, mais il avait oublié sa gomme. Le père de Jésus s'appelait monsieur Joseph. Bien qu'il fût charpentier, monsieur Joseph n'avait pas de semence. Sa femme, madame Marie, dut faire appel au docteur Saint-Esprit qui pratiqua l'opération qui porte son nom. Par la suite, la mode des mères porteuses devait tomber en désuétude pendant près de deux mille ans.

DIV Chez le chrétien moyen, les festivités de Noël s'étalent du 24 décembre au soir au 25 décembre au crépuscule.

Ces festivités sont : le dîner, la messe de minuit (facultative), le réveillon, le vomi du réveillon, la remise des cadeaux, le déjeuner de Noël, le vomi du déjeuner de Noël et la bise à la tante qui pique.

DIV La messe de minuit : c'est une messe comme les autres, sauf qu'elle a lieu à vingt-deux heures, et que la nature exceptionnellement joviale de l'événement apporte à la liturgie traditionnelle un je-ne-sais-quoi de guilleret qu'on ne retrouve pas dans la messe des morts.

Au cours de ce rituel, le prêtre, de son ample voix ponctuée de grands gestes vides de cormoran timide, exalte en d'eunuquiens aigus à faire vibrer le temple, la liesse béate et parfumée des bergers cruciphiles descendus des hauteurs du Golan pour s'éclater le surmoi dans la contemplation agricole d'un improbable dieu de paille vagissant dans le foin entre une viande rouge sur pied et un porte-misère borné, pour le rachat à long terme des âmes des employés de bureau adultères, des notaires luxurieux, des filles de ferme fouille-tiroir, des chefs de cabinet pédophiles, des collecteurs d'impôts impies, des tourneurs-fraiseurs parjures, des O.S. orgueilleux, des putains coleriques, des éboueurs avares, des equarrisseurs grossiers, des préfets fourbes, des militaires indélicats, des manipulateurs-verificateurs méchants, des informaticiens louches, des j'en passe et de plus humains

À la fin de l'office, il n'est pas rare que le prêtre larmoie sur la misère du monde, le non-respect des cessez-le-feu et la detresse des enfants affamés, singulièrement intolerable en cette nuit de l'Enfant.

Carême

DIV Pendant le carême, le catholique pieux va au lit. Le catholique lit, va au pieu. On prendra soin de se laver le derrière dans le noir pour eviter les mauvaises pensees. Si l'on n'y parvient pas, on aura recours à la branlette. La veille du Mercredi des Cendres, c'est le Mardi gras. Les cons se déguisent en imbéciles pour passer inaperçus.

Vendredi saint

DIV C'est le jour de la mort du Christ. « Pal », « l'aliment complet pour chiens », et la lessive « La Croix » veulent l'un et l'autre sponsoriser l'événement. La candidature de Pal est repoussée. On choisit La Croix.

Les maîtres-autels y auront gagné en esthétique.

À 15 heures, le Golgotha s'enflamme de mille couleurs extraordinaires. C'est Dieu le Père qui fait son intéressant. Malheureusement, le fils ne peut pas applaudir

La Pentecôte

DIV C'est le jour où le Saint-Esprit, sous forme de langues de feu, descend sur les apôtres pour leur insuffler une foi nouvelle. Les premiers chrétiens ont longtemps célébré cette fête en allant chez leur belle-mère.

L'Assomption

DIV Le 15 août, fête de l'Assomption, est le jour où la Sainte Vierge monte au ciel. Quand le temps est clair, nous dit l'Évangile, on y voit sa culotte.

DIV Chaque année, le 15 août, la Vierge Marie, dont nous avons relevé plus haut les singularités gynécologiques, pond un œuf. C'est le pondu-15 août. Les protestants, qui ne croient pas au dogme de la Vierge, ont longtemps marqué leur hostilité à cette croyance en allant chez leur belle-mère le jour de l'Assomption.

La Toussaint

DIV C'est la fête de tous les saints, et surtout de saint Fleuriste.

Le lendemain, le 2 novembre, jour des trépassés, les catholiques vénèrent leur belle-mère en allant chez leurs morts

IV. *RÉFORME*

DSEBN Exigeons une bonne foi pour toutes qu'on habille le petit Jésus dans les crèches : toute cette nudité, ça fait triquer les pédophiles.

V *LAZARISME*

DSEBN Lazariste, n. m. Nom donné aux membres de la Société des prêtres de la Mission, fondée en 1625 par saint Vincent de Paul, et appelés ainsi parce qu'ils adoraient la gare Saint-Lazare, alors qu'il n'y a pas de quoi.

Le seul intérêt de la gare Saint-Lazare réside dans sa capacité a contenir des trains. L'un d'entre eux, baptisé « Train pour Lisieux » sous prétexte qu'il va à Lisieux, présente la particularité – comme son nom l'indique – d'aller à Lisieux.

Comme les francs-maçons ou les Haré-Krishna, les lazaristes se réunissent en douce la nuit dans des caves où ils se déguisent en n'importe quoi avant de psalmodier de dérisoires incantations à Jean-Baptiste Locomotive, l'inventeur du chemin de fer, qui sera probablement canonisé avant que ça me reprenne.

VI. *ISLAMOLOGIE*

LA Dans certains pays musulmans, on coupe les cils des petites filles qui ont un bec de lièvre dès la première pleine lune suivant leur naissance. Ainsi, ils repoussent plus longs, et le tchador fait le reste.

MNC CYCLOPÈDE *(près d'un cochon)*.– Une poignée de crétins cochonophages me demandent pourquoi les cochons des pays musulmans affichent en permanence cet air arrogant.

COCHON.– Grooink.

CYCLOPÈDE.– C'est pourtant simple : vivant dans un pays où la religion interdit formellement la consommation de viande de porc, le cochon oriental ne craint pas pour ses côtelettes. C'est pourquoi il a toujours la truffe narquoise et le groin suffisant.

COCHON *(narquois)*.– Grooink.

CYCLOPÈDE.– Mais alors, direz-vous, pourquoi les musulmans ne bouffent-ils pas cet imbécile *(montre le cochon)* qui fait rien qu'à se moquer d'eux ?

Femme-Tchador *(fourchette près de la bouche).*– Si vous croyez que c'est facile !

Cyclopède.– Étonnant, non ?

VII. *HÉRÉSIE RAISONNÉE*

DIV Gloire à Galilée qu'on torture pendant que Copernic.

VIII. *BLASPHÈMES*

DIV À mon avis, Dieu a une gueule d'atmosphère sur un corps de culturiste phosphorescent dépourvu de trou du cul, puisque les voies du Seigneur sont impénétrables. L'été, je le remplace par la planche à voile et le sexe. L'hiver, par le château-figeac 1975 et les concertos pour piano n° 20 et 21 de Mozart.

DIV À éviter cette semaine : les festivités (samedi) de Notre-Dame de Lourdes.

Les godemichets en forme de soubirous offerts gratuitement en prime aux pèlerins par les marchands de souvenirs, également pieux, sont proprement immettables. (Tests sur les prothèses divines à paraître dans le prochain numéro de *Que choisir ?*)

Faire-part

VH La nouvelle vient de tomber sur les téléscripteurs. Sèche. Aride. En trois mots : « Dieu est mort. » Dieu s'est éteint il y a moins d'une heure, en son domicile paradisiaque, à la suite d'une longue et cruelle maladie. Il était âgé de… Il était âgé.

Il est encore trop tôt pour mesurer pleinement la portée de cette disparition dont les conséquences pèseront sur l'humanité tout entière. Tout ce que l'on peut dire actuellement, c'est que le gouvernement, réuni en séance extraordinaire moins d'une heure après avoir appris la nouvelle, a décidé, en signe de deuil, d'interrompre pendant un quart d'heure les ventes d'armes que la France envoie traditionnellement au Tiers-Monde afin de contribuer en bonne place au génocide international. D'autre part, les drapeaux seront mis en berne sur l'ensemble du territoire français, et la deuxième chaîne de télévision diffusera dès ce soir, en hommage à Dieu, le chef-d'œuvre de Robert Bresson : *Dieu sifflera trois fois*, avec Louis de Funès dans le rôle du gendarme.

Lettre à Mgr Lustiger

HD Cher Seigneur,

Qu'il me soit permis de m'indigner ici véhémentement contre les insupportables attaques portées régulièrement à la télévision contre mon athéisme militant par vos camarades de goupillon. Il est intolérable, un siècle après la séparation de l'Église et de l'État, dans un pays qui pousse la laïcité officielle au rang d'institution nationale, que des anti-athées hystériques accaparent l'antenne de la télévision le dimanche matin avec des émissions intitulées, je cite, la messe du dimanche, dans laquelle les minorités athées, non bigotantes et malbéatifiantes sont méprisées et bafouées, et je pèse mes mots, au profit de grotesques manifestations incantatoires d'une secte en robe dont le monothéisme avoué est une véritable insulte à Darwin, aux religions gréco-romaines et à ma sœur qui fait bouddhiste dans un bordel à Kuala Lumpur.

J'ajoute que j'envoie une copie de cette lettre à Dieu, et que ça va chier.

11 bonnes raisons d'estimer les animaux à leur juste valeur

I. *POLITESSE DU CHIEN*

CHO Connaissez-vous la charmante manière
De se saluer qu'ont nos amis les chiens ?
Ils préfèrent se lécher le derrière
Plutôt que d' se donner la main.
Comment vas-tu ? Sens don' mon cul.
Ça va très bien, sens donc le mien.
Et tes parents ? Ça va pas fort.
Et tes enfants ? Renifle encore.

LA Il n'y a pas de reproche dans le regard mouillé du chien battu. C'est ce qui le différencie de l'œil blasé des pauvres, souvent ombré d'inextinguible rapacité.

II. *LIBRES PROPOS DE MON CHEVAL*

CHO Pour quelle raison, dit-il, des animaux comme moi, que Dieu a créés pour qu'ils broutent et baisent à l'aise dans les hautes herbes, se prendraient-ils soudain d'affection pour les petits nerveux exaltés qui leur grimpent dessus, les cravachent et leur filent des coups de pied dans le bide dans le seul but d'arriver les premiers au bout d'un chemin sans pâquerettes, pour que les chômeurs puissent claquer leurs assédiques le dimanche ? En réalité (c'est toujours mon cheval qui parle), les jockeys aiment les chevaux comme les charcutiers aiment les cochons. C'est un amour dénaturé, pervers, qui pousse le charcutier, tronçonneur de gorets s'il en est, à signaler la présence de sa boutique par un cochon en bois hilare ceint d'un tablier blanc. Et c'est le même anthropomorphisme malsain qui incite des publicitaires tordus à vendre des épices par le biais du spectacle effroyable d'un bœuf complètement taré et tout à fait ravi à l'idée qu'on va le bouffer avec de la moutarde, mais pas avec Amora, parce que, meugle-t-il, « il n'y a que Maille qui m'aille ». Et les chasseurs, mon cher Pierre, qui affirment sans rire qu'ils chassent parce qu'ils aiment la nature. Peut-on entendre propos plus consternant de sottise dans la bouche d'un homme ?

Tu as raison, Reviens, lui dis-je (car mon cheval s'appelle Reviens, je le précise à l'intention des éventuels bouchers hippophagiques qui auraient survécu à la récente épidémie de piroplasmose). Tu as raison, Reviens, mais plus dégénéré que le chasseur, il y a. Il y a le pêcheur qui affirme que le chasseur est un tueur sans pitié, alors que lui-même accroche par la bouche et fait souffrir à mort des carpes encore plus innocentes qu'immangeables. Ou le dompteur qui déborde, pour les lions en cage, du même amour que Louis XI réservait à La Balue.

Y a des coups de sabots dans la gueule qui se perdent, soupira mon cheval. L'autre nuit, ajouta-t-il en riant, j'ai fait un rêve absolument charmant. C'était dans une arène, la vache qui rit attrapait un matador par la peau du cul, le jetait par terre, et lui piétinait les oreilles et la queue.

Je convins que c'était amusant.

Allez, viens, Reviens, on va se promener, lui dis-je, appelle le chien et les enfants.

Et nous voilà partis à grands pas dans les chemins forestiers, tous derrière et lui devant.

III. *LE GORILLE DU KENYA*

CHO2 Un jour, Pierre Doris est parti au Kenya pour chasser le gorille. Il adore le gorille-melba à la crème de coco.

Je l'ai croisé quelques semaines plus tard sur les Champs-Élysées. Il avait l'air tellement abattu que j'ai cru un instant qu'il avait maigri.

« Mon Dieu, Pierre, comme vous avez l'air sombre ! n'ai-je pu m'empêcher de constater.

– Ah, m'en parlez pas, mon pauv' Pierre. Je rentre du Kenya. Ma vie est foutue. Je suis un homme fini.

– Alors, secouez-vous, qu'est-ce qui se passe ? C'était pas bien, le Kenya ?

– Si, si. Mais ma vie est foutue. Je suis un homme fini.

– Vous n'avez pas trouvé de gorille ?

– Si, si. Mais ma vie est foutue.

– Enfin, quoi, qu'est-ce qui s'est passé ?

– J'ai rencontré un gorille. Un énorme mâle. Superbe. Je tombe nez à nez avec lui, sous un ficus sirupeux géant. J'épaule. Je tire. Je le rate. Ma vie est foutue.

– Reprenez-vous, mon vieux. C'est pas grave. Il ne vous a pas blessé au moins ?

– Non, non. Il s'est jeté sur moi. Il m'a arraché mon fusil. Il l'a cassé en deux sur son genou. Ma vie est foutue.

– Tout ça pour un fusil ? Y a vraiment pas de quoi tomber en déprime.

– Mais c'est pas ça. Vous n'y êtes pas du tout. Après qu'il eut brisé mon fusil, il m'a… il m'a enlacé. Il m'a retourné, et il m'a…

– Non !

– Si, si. Ma vie est foutue.

– Oui, bon, évidemment, c'est fâcheux. Mais cette… étreinte n'a rien d'infamant pour vous. C'est un… un accident de chasse, c'est tout. Un accident de chasse original, mais Diane de Poitiers a vu pire le jour où elle a croisé Bambi dans le parc de Chambord…

– C'est une légende. Le gorille et moi, c'était la réalité. Ma vie est foutue, vous comprenez. Lui, il a sa vie là-bas, moi j'ai mes occupations à Paris. Ma vie est foutue… »

C'est une histoire vraie. C'est le gorille qui l'a racontée.

IV. LE COCHON

TFD Il faut noter au passage que le cochon est un animal fort attachant. Il offre de nombreux points de comparaison avec un autre mammifère immonde et sans poils passé expert dans l'art de semer la merde et de se vautrer dedans, et que nous appellerons Momo Sapiens en hommage à Maurice Chevalier qui a beaucoup fait pour l'amitié franco-allemande à une époque où le général de Gaulle lui-même n'y avait pas encore pensé.

V. L'HOMME POLITIQUE

TFD2 À l'instar du président de tribunal ou du ragondin musqué des marais poitevins, l'homme politique, qu'il soit de droite, de gauche, ou même de La Garenne-Bezons, l'homme politique, dis-je, est un mammifère vivipare. Je sais. C'est à peine croyable, quand on voit un député, un sénateur, un ministre ou un président de la République, s'exprimer devant un micro, d'imaginer que là, à portée de main, à cinquante centimètres de son nœud… de cravate (cinquante millimètres si c'est Jobert), il y a une zigounette avec ses deux petites baballes. C'est inouï ! C'est fou ! C'est incroyable mais… vrai, comme dit mon beau-frère, celui qui a été trépané, c'est fascinant de savoir que des gens éminemment préoccupés du sort de la France et des Françaises et des Français, des gens dont l'œil grave et la démarche austère qu'ils ont pour gravir les marches de l'Élysée nous révèlent à l'évidence l'abnégation, le courage et la volonté qu'ils mettent à poursuivre le combat pour le mieux être de l'humanité et l'agrandissement de leur gentilhommière, c'est dingue de penser que ces grands serviteurs de l'État sont des mammifères vivipares et qu'ils se reproduisent comme Rego ou Rantanplan, en s'agitant frénétiquement sur une créature du sexe oppose, entre un petit déjeuner avec Arafat et un dépôt de gerbe sous l'Arc de Triomphe à Napo. Personnellement, j'ai beaucoup de mal à m'y faire.

Tout petit déjà, rien que de penser que de Gaulle était allé faire caca juste avant l'appel du 18 juin, ça me rendait malade.

VI. ALARME DE CROCODILE

LPR « Vous allez penser que je suis dingue, mais je vous jure que je viens de voir un crocodile traverser la rue », a dit un étudiant bouleversé au planton d'un commissariat de Columbia. En effet, il avait mal vu. Il s'agissait d'un simple alligator qui allait à la piscine.

VII. *LES PHOQUES*

LESN À l'intention des lecteurs imbéciles ou ouvriers, je précise que les phoques sont des mammifères comme vous et moi, mais moi, c'est surtout ma femme. D'autre part, les phoques mesurent un mètre cinquante et leurs oreilles sont dépourvues de pavillon, mais il vaut mieux entendre ça que d'être sourd.

VIII. *ESTHÉTIQUE DU ZÈBRE*

TDS J'ai toujours eu des zèbres. J'aime beaucoup les zèbres, les rayures sont bien parallèles. J'aime que les choses soient parallèles. Je n'apprécie rien tant que cet instant, éphémère, hélas, où ma montre à quartz indique 11 h 11.

IX. *LA LÉGENDE DE L'HIPPOPOTAME*

VH Connaissez-vous cette légende africaine que racontent encore à la veillée les vieux pêcheurs du Nil de Bahr el-Abiad ? Elle raconte le temps qui passe et la mélancolie de toute chose, et les vieux la psalmodient inlassablement en ravaudant leurs filets, pour que les jeunes piroguiers écervelés apprennent que la vie n'est pas éternelle et que, comme le disait désespérément Aragon, « le temps d'apprendre à vivre, il est déjà trop tard ».

C'était il y a longtemps, longtemps, avant que l'Homme blanc ne vienne troubler le calme lourd des chauds plateaux du Sud avec ses clairons d'orgueil et son attirail à défricher les consciences. Un soleil de plomb tombait droit sur le Nil Blanc où les bêtes écrasées de chaleur venaient se tremper la tête jusqu'au garrot pour boire goulûment l'eau tiède et marécageuse. Au risque de se noyer, quelques oiseaux passereaux s'ébrouaient violemment dans la purée boueuse, à la frange glauque du fleuve. Au loin, un petit de chien sauvage égaré dans les herbes grillées de soleil hurlait, la gorge sèche, la plainte infinie des agonies brûlantes.

Au beau milieu du fleuve, totalement irréfutables, deux énormes hippopotames ne laissaient paraître aux regards que les masses immobiles de leurs dos gris jaunâtre au cuir craquelé de boues éparses et d'algues mortes. Seuls, paisibles, au milieu de toute cette faune abrutie de torpeur torride, les deux balourds faisaient des bulles. Mais qu'on ne s'y trompe pas. L'hippopotame n'est pas qu'un tas de lard essoufflé. L'hippopotame pense. L'hippopotame est intelligent. Et justement, tandis qu'un gros nuage porteur de pluies improbables venait ternir un instant l'éclat métallique de ce soleil d'enfer, l'un des deux mastodontes émergea soudain des eaux sombres son incroyable trogne mafflue de cheval bouffi. Ses immenses naseaux sans fond se mirent à frémir et à recracher des trombes d'eau dans un éternuement obscène et fracassant. Puis il se mit à bâiller. C'était un bâillement cérémonial, lent et majestueux, qui lui déchira la gueule en deux, aux limites de l'éclatement, en même temps qu'étincelait l'ivoire blanc de sa bouche béante et que montait aux nues son beuglement sauvage. Presque aussitôt, le second hippopotame, à son tour, sortit sa tête de l'eau en s'ébrouant frénétiquement. Puis les deux mastodontes se regardèrent longuement, à travers leurs longs cils nacrés.

Alors, après avoir humé prudemment de droite et de gauche l'air saturé de chaleur électrique, le premier hippopotame dit à l'autre :

– C'est marrant, je n'arrive pas à me faire à l'idée qu'on est déjà jeudi.

Passe le temps et passent les semaines. Les hippopotames ont le spleen. Les jours sont opaques. Les nuits sont de cristal, mais l'hiver nous les brise.

X. LES ENFANTS NE SONT PAS DES GENS COMME NOUS

CHO Les enfants, contrairement à l'homme ou aux animaux, ne se reproduisent pas. Pour avoir un bébé, il est nécessaire de croire à cette histoire de petite graine. Malheureusement, les enfants n'y croient pas tellement. À force de voir jouer les animaux dans l'herbe aux heures de bureau, ils s'imaginent, dans leur petite tête pas encore éveillée à l'intelligence, qu'il faut des zézettes et des foufounettes pour faire des bébés.

En réalité, les enfants ne sont ni des hommes ni des animaux. On peut dire qu'ils se situent entre les hommes et les animaux. Observons un homme occupé à donner des coups de ceinture à une petite chienne cocker marrante comme une boule de duvet avec des yeux très émouvants. Si un enfant vient à passer, il se met aussitôt entre l'homme et l'animal. C'est bien ce que je disais.

Ce n'est pas une raison pour nous coller du chocolat sur la figure quand nous écrivons des choses légères pour oublier les vautours.

XI. *GRATITUDE DE L'OISEAU*

LA Pour peu que l'homme en vacances en Corse sous un olivier se mette, par routine amusée, à lancer au midi ses miettes au rouge-gorge effronté, il arrive qu'à la fin de juillet, quand bien même le pain viendrait à manquer, l'oiseau profite de l'heure de la sieste en chaise longue, pour se poser doucement sur le bras de cet homme endormi afin de lui prodiguer, malhabile et l'œil creux tout brillant, dodelinant fragile, une gratitude maladroite et qui vous serre le cœur. C'est une preuve que l'amour est parfois frissonnant entre poils et plumes et que tout n'est pas mort.

12 méthodes particulières pour diviser le monde en deux catégories

I. L'HOMME ET LA BÊTE

DSEBN Bien plus que le costume trois-pièces ou la pince à vélo, c'est la pratique de la torture qui permet de distinguer à coup sûr l'homme de la bête.

II. L'HOMME ET LA FEMME

MNC Comment reconnaissons-nous habituellement un homme d'une femme ?

JOCONDE.– Euh… L'homme, c'est celui des deux qui va à la guerre ?

JOCOND.– Ben oui, mais en temps de paix ?

CYCLOPÈDE.– Mais non ! En temps de guerre

comme en temps de paix on reconnaît un homme d'une femme à la forme de son vélo !

III. FEMME LAIDE ET JOLIE FEMME

LA Il y a un seul cas où il est convenable d'aborder une femme laide. C'est pour lui demander si elle ne connaît pas l'adresse d'une jolie femme.

IV. LA FEMME ET L'ÉPAGNEUL BRETON

DSEBN La femme est assez proche de l'Homme, comme l'épagneul breton. À ce détail près qu'il ne manque à l'épagneul breton que la parole, alors qu'il ne manque a la femme que de se taire. Par ailleurs, la robe de l'épagneul breton est rouge feu et il lui en suffit d'une.

V. CHAUFFEURS DE TAXI

DIV Il n'y a que deux sortes de chauffeurs de taxi : ceux qui puent le tabac, et ceux qui vous empêchent de fumer.

DIV Il y a deux sortes de chauffeurs de taxi à Paris : les racistes et les bougnoules.

VI. LA DROITE ET LA GAUCHE

MNC Il y a deux sortes de personnes sur terre : les gens de droite, et les gens de gauche, qui sont gentils. Les gens de droite ne font pas exprès. Ils sont de droite parce qu'ils n'ont pas touché du doigt le fond de la misère humaine. En effet, il suffit de toucher du doigt le fond de la misère humaine pour devenir de gauche, c'est automatique.

VII. RÉSISTANCE ET COLLABORATION

TDS Il faut bien voir qu'en une période ennuyeuse comme le fut celle de l'Occupation – songez qu'en 1940 Patrick Sabatier n'était même pas né… Pour vous dire à quel point on pouvait s'emmerder ! Qu'est-ce que vous avez tous contre ce jeune homme ? Hein ? Oui, moi aussi j'ai connu des topinambours qui avaient le regard plus vif ! C'est vrai aussi que si on épluche un topinambour, en dessous il y a quelque chose ! Bon enfin, on n'est pas là pour faire chier les rhizomes –, je disais que dans une période ennuyeuse comme le fut celle de l'Occupation, la seule distraction qui se présentait aux Français, après la messe, c'était de faire ou de la Résistance, ou de la collaboration.

Mais là encore, que choisir ?

Alors bien sûr, la collaboration, c'était le bon droit,

la respectabilité, un prie-Dieu réservé à Saint-Honoré-d'Eylau, les amitiés de Pierre Laval assurées, les indulgences de Pie XII également, et puis des places de faveur aux concerts de Tino Rossi et de Maurice Chevalier.

Oui, mais la Résistance, c'était la vie au grand air, youkaïdi, youkaïda !

Oui, mais la collaboration, c'était la possibilité d'apprendre une jolie langue étrangère à peu de frais.

Oui, mais dans la Résistance, on se cultivait pas l'âme, mais on rigolait bien. Boum, le train ! Boum, la voie ferrée ! Tagadagada, le petit viaduc, ouais j' l'ai eu, ouais j' l'ai eu !

Oui, mais dans la collaboration, on faisait pas sauter des ponts, mais on pouvait sauter des connes !

Oui, mais pour bien gagner sa vie, dans la collaboration, fallait dénoncer les juifs. C'est pas très joli, comme occupation, de dénoncer les juifs.

Oui, mais dans la Résistance, on dénonçait pas les juifs, mais fallait vivre avec !

Enfin bref, à force de tergiverser, j'avais toujours pas pris de décision le 25 août 44, quand j'ai vu soudain des centaines de chars déboucher dans la rue de Rivoli. Je me rappelle très bien ce matin-là : il faisait un temps magnifique, je me promenais sous les vieux marronniers du jardin des Tuileries, quand soudain, c'est arrivé. Le fracas des chaînes des tanks faisait trembler la poussière. Une jeune inconnue s'est approchée de moi, elle était belle, blonde, au regard bleu.

« Monsieur, s'est-elle écriée en me pressant le bras, avec des larmes de joie dans les yeux, monsieur, regardez, mais regardez, c'est l'armée française, la vraie, les Forces françaises libres, mais votre pays est libéré, monsieur !

Pourquoi dites-vous "votre pays" ?

Oh ! c'est que moi-même, monsieur, je ne suis pas française, je suis citoyenne helvétique, de Berne. »

Elle avait en effet un assez fort accent germanique.

J'ai juste eu le temps de la tondre, les FFI arrivaient.

VIII. ORIENT ET OCCIDENT

TFD En Extrême-Orient, les gens mangent du chien, et leur cochon s'appelle Kiki. En Occident, c'est le contraire, ce qui prouve une fois de plus la supériorité absolue des Occidentaux, dans le règne animal également. Les musulmans ne mangent pas de cochon. « Ils ne savent pas ce qu'ils perdent », me faisait remarquer l'autre jour sur le marché de Chatou un adorable charcutier barbu qui m'a redonné goût à la vie grâce à son travers de porc qu'il vend cru, pour le barbecue, après l'avoir fait mariner une longue nuit dans un mélange d'huile d'olive et de vin de bordeaux relevé de thym, de sauge et de laurier... C'est presque aussi bon qu'une bavette de vache sacrée aux échalotes.

IX. PSYCHOTIQUE ET NÉVROSÉ

TDS *(Il chuchote)* Je suis névrosé et psychotique. Ce sont deux désordres extrêmement perturbants quand ils cohabitent, pour reprendre le cri d'amour du crapaud.

Savez-vous seulement quelle différence il y a entre un psychotique et un névrosé ?

Un psychotique, c'est quelqu'un qui croit dur comme fer que 2 et 2 font 5, et qui en est pleinement satisfait.

Un névrosé, c'est quelqu'un qui sait parfaitement que 2 et 2 font 4, et ça le rend malade.

X. LA GUERRE ET MOI

CHO Quatre mois, presque jour pour jour, après ma naissance, éclatait la Seconde Guerre mondiale. À plusieurs reprises, j'ai dû insister sur le fait qu'il n'y avait aucune relation de cause à effet entre ces deux événements.

La guerre et moi ne sommes pas nés de la même cause.

La guerre est née d'un caporal allemand d'origine autrichienne complètement givré, et moi d'une capote française d'origine anglaise, un peu fêlée également.

XI. RECONNAÎTRE UN HOMOSEXUEL D'UN HÉTÉROSEXUEL À SA FAÇON DE SE TENIR À TABLE

MSV C'est bien simple : l'homosexuel, quand il met le couvert, met le couteau à droite, la fourchette à gauche, et le verre là, voir figure 1.

Vous allez me dire : « L'hétérosexuel, lui aussi, met le couteau à droite, la fourchette à gauche, l'assiette entre le couteau et la fourchette, et le verre là, revoir figure 1, on ne s'en lasse pas, elle est superbe. Alors ? »

Alors ?

Alors, servons à ce bel inconnu une banane flambée. S'il regarde la banane flambée sans piper, c'est un hétérosexuel. Mais s'il regarde la banane flambée en lui disant : « Comment tu t'appelles ? », c'est une autre paire de manches, comme disait Jean-Baptiste Vaquette de Gribeauval, qui voyait des paires partout.

XII. COMMENT RECONNAÎTRE L'AMOUR DE L'AMITIÉ ?

MSV Laissons face à face deux personnes nues de sexe opposé dans une chambre tendue de velours rouge, avec des glaces au plafond, de la moquette angora par terre, du champagne avec un seau d'argent et du blues en sourdine. Si au bout d'un quart d'heure, une des deux personnes s'exclame . « C'est con. Si on serait trois, on pourrait faire une belote », on ne peut pas parler d'amour. C'est l'amitié.

En revanche, laissons côte à côte deux éboueurs à l'arrière d'une benne à ordure à six heures du matin. Si, au bout d'un quart d'heure, l'un des deux éboueurs regarde l'autre avec intensité en disant : « Ça m'excite de vider les poubelles auprès de vous », on ne peut pas parler d'amitié. C'est l'amour.

23 dictons pour contribuer à l'enrichissement de la sagesse populaire

DIV Œcuménique, c'est le printemps.

C'est en avril qu'on devient forgeron.

Quéquette en juin, layette en mars.

Pierre qui glousse amasse la mousse.

Au royaume des culs-de-jatte, les enculés sont les rois.

Pas de danse, pas de descendance.

Qui baise en août pond en mai.

À trop manger sa mère on devient orphelin.

Plus cancéreux que moi, tumeur !

Guillotine du soir, espoir.

Wagner qui pleure, Laval qui rit.

Une société sans publicité, c'est aussi inconcevable qu'un poisson sans bicyclette.

Qui vole un œuf vole une Mercedes 560 SEL à boîte automatique avec système ABS en option.

Il est beaucoup plus facile de cacher son juif que de cacher son antisémitisme.

Papandréou, Mamandréou, crac-crac.

Qui baise trop bouffe un poil.

Bien mal au cul ne profite jamais.

Du flan qui flanche, le pâtissier pâtit.

L'ennemi, c'est comme le sexe. Faut tirer dessus de temps en temps pour avoir la paix.

C'est en perchant qu'on devient percheron.

Noël au scanner Pâques au cimetière

Noël en cabane, Pâques aux rabanes

Quand le trèfle est couche, le pique nique

14 antisèches pour briller en société d'un vernis culturel à toute épreuve

I. RABELAIS

FDT François Rabelais fut en son temps le plus éblouissant serviteur des belles-lettres françaises, non pas malgre, mais à cause de l'artisanale magie de son verbe dont les superbes jurons colorés déculottaient déjà ces hémiplégiques du langage qui cachent leurs mots crus et montrent au tout-venant leurs langues cuites, surbouillies, sans saveurs et sans images.

II. *CONTRE JEAN DE LA FONTAINE*

CHO2 À qui ferez-vous croire, Monsieur de La Fontaine, qu'un renard, charognard, bâfreur et plumivore, puisse tenter de séduire un corbeau pour s'emparer d'un camembert dont la moelleuse onctuosité normande ne saurait flatter le palais vulgaire de ce chien sans maître ? À qui ferez-vous croire qu'un oiseau de malheur, haï des hommes, aille risquer sa vie dans les garde-manger pour y piller des coulants au reste trop mous pour tenir en son bec ?

DSEBN De nos jours encore, ce cuistre indélicat passe encore pour un authentique poète, voire pour un fin moraliste, alors qu'il ne fut qu'un pilleur d'idées sans scrupule, doublé d'un courtisan lèche-cul craquant des vertèbres et lumbagoté de partout à force de serviles courbettes et honteux léchages d'escarpins dans les boudoirs archiducaux où sa veulerie plate lui assura le gîte, le couvert et la baisouillette jusqu'à ce jour de 1695 où, sur un lit d'hôpital, le rat, la belette et le petit lapin lui broutèrent les nougats jusqu'à ce que mort s'ensuive, ce qui prouve qu'on a souvent besoin d'un plus petit que soi. Essayez de vous brouter vous-même les nougats, vous verrez que j'ai raison.

III. CHATEAUBRIAND

LA Les mots les plus doux sur l'automne ont été prononcés, sur son lit de mort, par Chateaubriand pendant qu'il crachait ses poumons dans la gueule de Madame Récamier qui lui tenait la main droite dans sa main gauche, l'autre main, je te raconte pas.

IV. VICTOR HUGO

MNC L'élévation de sa pensée et la grandiose majesté de ses alexandrins ont plus fait pour le prestige de la France à l'étranger que le camembert, qui supporte moins bien le voyage.

TFD Si l'on en croit la première version (remaniée dix ans plus tard) d'*Oceano Nox,* dont le manuscrit original vient d'être retrouvé aux Archives nationales, on peut douter de l'hétérosexualité de Victor Hugo.

En effet, le grand poète avait seize ans en 1818 quand il s'engagea comme mousse. C'est alors qu'il jeta la première ligne de son chef-d'œuvre lyrico-maritime ·

Ô, combien de marins ? Dix-huit ? Ça fait beaucoup.

V. *DISCRÉDITONS DURAS*

TDS – *Hiroshima mon amour…*

Quel étrange cri, disait Marguerite Yourcenar, à propos de ce titre de Marguerite Duras. Oui, Duras, l'apologiste sénile des infanticides ruraux. Duras qui n'a pas écrit que des conneries. Elle en a aussi filmé. Quel étrange cri : *Hiroshima mon amour.* Pourquoi pas *Auschwitz, mon loulou* ?

LA Le prix Goncourt, que les frères du même nom ont créé pour récompenser « l'œuvre débutante d'un nouveau talent », échoit, le 13 novembre 1984, à *L'Amant*, 27e roman d'une septuagénaire, ex-secrétaire aux colonies jusque sous Pétain, pour une histoire de cul tropical d'assez belle facture selon mon beau-frère qui s'y connaît : il ne s'est jamais endormi sur un Proust.

VI. *L'ESSENTIEL SUR MOZART*

TDS Savez-vous pourquoi ses parents avaient eu l'idée incongrue de l'appeler Wolfgang Amadeus ? Quand il était petit, Mozart avait un prénom normal, comme tout le monde. Il s'appelait Jean-Edern Mozart. C'était un enfant extrêmement turbulent, sale et désordonné. Il aimait particulièrement patauger dans la gadoue en sifflant *la Marche turque*. Après quoi il rentrait se vautrer sur les luxueux fauteuils des galeries von Barbès de Salzbourg de la maison familiale. Chaque fois, sa mère excédée lui criait : « Fous le camp ou mets des housses Mozart. »

Et il était tellement précoce, Mozart, qu'à dix ans et demi, accompagné par le quatuor Amadeus, comme d'habitude, il avait déjà déshonoré sa petite cousine, la petite Köchel 506. Et il était tellement précoce, Mozart, qu'à trente-quatre ans et demi à peine, il était déjà mort.

VII. BEETHOVEN N'ÉTAIT PAS SOURD

MNC Beethoven n'était pas sourd. Beethoven était con.

VIII. *RAVEL ET TCHAÏKOVSKI*

MSV Quant à Ravel, il est mort en plaquant un *fa* sans avoir connu les accords de Munich, alors que Tchaïkovski est mort en plaquant sa femme sans avoir connu les accords de *fa*.

IX. LA MÉTHODE LOUIS XIV

MSV Alors là, pour draguer, une seule méthode, dite « méthode Louis XIV » car le Roi-Soleil l'utilisait quand il chassait le boudin dans la galerie des Glaces. Il regardait les courtisanes au fond des yeux (les femmes et la France se draguent pareil), puis il triait les belles des moches, et disait aux courtisans : « Mes amis, servez-vous : les mignonnes c'est pour vous, les tas c'est moi. »

X. *LE PETIT PRINCE ET LA VÉNUS DE MILO*

MNC CYCLOPÈDE.– De nombreux sous-doués boursouflés d'inculture me demandent pourquoi la Vénus (de Milo) et le Petit Prince (de Saint-Exupéry) étaient fâchés à mort. C'est simple. Revoyons les faits. La Vénus de Milo avait mauvais caractère.

VÉNUS *(à cran)*.– J'ai pas de bras, c'est pas le pied.

CYCLOPÈDE.– Le Petit Prince, lui, était un fort bel enfant aux grands yeux émerveillés par la beauté des choses.

PETIT PRINCE.– Je suis un fort bel enfant aux grands yeux émerveillés par la beauté des trucs.

CYCLOPÈDE.– Des choses ! La rencontre du Petit Prince et de la Vénus de Milo dégénéra très vite en drame. Regardez.

PETIT PRINCE.– Bonjour, Vénus de Milo.

VÉNUS *(battant des moignons)*.– Bonjour, Petit Prince.

PETIT PRINCE *(lui tendant un morceau de papier)*.– S'il te plaît, dessine-moi un mouton.

VÉNUS.– C'est malin ! Petit con.

XI. *MORT DE CHAGALL*

LA 28 mars 1985 : Le peintre français Marc Chagall meurt à 97 ans dans sa villa de Saint-Paul-de-Vence, après avoir malheureusement trouvé le temps de repeindre le plafond de l'Opéra de Paris, mais l'hypothèse d'un attentat antisémite paraît peu vraisemblable.

XII. EDISON

LA Bien qu'il ait inventé la lampe à incandescence qui porte son nom, Thomas Edison n'était pas une lumière. Après avoir complètement pompé sur Charles Cros l'idée du premier phonographe (1878), il conçut, la veille de sa mort, le premier porte-voix autonome à piles. Le lendemain, ses dernières paroles furent inaudibles.

XIII. *QU'IMPORTE*

TFD Et puis quoi, qu'importe la culture ? Quand il a écrit *Hamlet*, Molière avait-il lu Rostand ? Non.

XIV. *CONNAÎTRE LE LANGAGE DES FLEURS*

LA Anémone : Persévérons dans notre amour.
Volubilis : Gardons notre pudeur.
Chrysanthème : Restons-en là.
Violette : Cachons notre idylle.
Gentiane : Sachons souffrir un peu.
Lilas : Changeons à Châtelet.

48 citations apocryphement attribuées

DIV On a souvent besoin.
(Attribué à La Fontaine.)

C'est Eugène qu'est dans la gêne,
Quand on le malmène,
C'est Gudule qu'est ridicule,
Quand on la brûle,
Et c'est Thérèse qu'a un malaise,
Quand on…, etc.

(En tout cas, si c'est pas dans *Les Misérables*, ça doit être dans *Le Retour des Misérables*, ou dans *Les Misérables contre Dr. No*. En tout cas, c'est d'Hector Hugo.)

La seule certitude que j'ai, c'est qu'on a froid partout.
(L'abbé Résina.)

Pierre et moi sommes infiniment peu primesautiers. J'en arrive même à penser parfois que c'est pour pallier notre totale incapacité à rire que nous sommes plongés à corps perdu dans la recherche scientifique. Au reste, quand bien même nous le voudrions, comment ririons-nous avec nos lèvres gercées par le radium ?

(Marie Curie, lettre à son oncle Sklodowska.)

« L'amitié franco-allemande est le plus sûr garant de la paix en Europe », écrivait Schopenhauer. Et il ajoutait : « Kurt ist ein Kind und raus und verboten Choukroutte garnie. Warum ? » (c'est-à-dire « Vive de Gaulle »). Et encore : « Und meine prout-prout ist poulette ? » (« Et mon cul, c'est du poulet ? »)

Comme disait Mme Le Nôtre en repoussant les avances de Louis XIV, il faut savoir se garder un jardin secret.

Les femmes des uns font le bonheur des autres.

(Flaubert, *Madame Beau Varie.*)

Comment ?

(Ludwig van Beethoven.)

Je dis : les femmes des uns font le bonheur des autres.

(Flaubert, *Madame Beau Varie.*)

« Madame, la flûte enchantee, c'est moi ! »
(Mozart abordant Elizabeth Maria-Josepha von Grossen-Furstenberg, qui allait devenir sa femme sous le nom de Nénette Mozart.)

Bon sang, mais c'est bien dur.
(Madame Maigret.)

C'est mou.
(Comtesse de Sédur.)

Comme disait Ray Charles : « Il vaut mieux entendre ça que d'être sourd. »

Comme le disait si judicieusement madame Rosenblum en se dissolvant doucement dans la baignoire d'acide sulfurique du docteur Petiot : « On est bien peu de choses ! »

Quoi qu'il en soit et nonobstant la conjoncture, comme disait monsieur Bovary : n'ayons pas peur d'Emma.

Faute avouée est à moitié pardonnée, disait Pie XII à Himmler.

Comme disait Yvonne De Gaulle en regardant son mari s'envoler pour Londres : « Pendant qu'y fait ça, il est pas au bistrot. »

Et comme le disait si judicieusement le général de Gaulle après avoir assisté à la millième du *Chanteur de Mexico* au Châtelet : « Un chanteur d'opérette qui ferme sa gueule ne peut pas tout à fait être mauvais. »

« Françaises, Français, aidez-moi ! »
(Charles De Gaulle, *Partouze à Colombey.*)

Première parole de Robinson Crusoé à Vendredi : « Vous avez votre carte de séjour ? »

Réponse de Vendredi à Robinson Crusoé qui lui demandait de faire tomber des noix de coco en remuant le tronc d'arbre : « J'en ai 'ien à secouer, connard, c'est un bananier. »

Comme le disait si gentiment Heinrich Himmler en visitant Auschwitz sous la pluie : « Ne boudons pas notre plaisir. »

Comme disait Himmler en quittant Auschwitz pour aller visiter la Hollande, on ne peut pas être à la fois au four et au moulin.

La culture et l'intelligence, c'est comme les parachutes. Quand on n'en a pas, on s'écrase.
(La Rochefoucauld.)

Quand l'homme entre, le hareng sort.
(Jacques Lacan.)

Pour être écrivain, on n'en est pas moins zoom.
(David Hamilton.)

À Passy, les gens sont de saillie.
(Saint-John Perse.)

Talleyrand à son fils : « Mon enfant, en vérité je vous le dis, il vaut mieux éviter les peaux de banane en traversant le nouveau régime que traverser l'Ancien Régime en s'enfonçant des peaux de banane. »

Un, deux, un, deux, un, deux, un, deux, un, deux, un, deux, un, deux.
(Général Gamelin, *Ma vie*.)

La littérature est à la civilisation ce que la queue es à la casserole : quand il n'y en a pas, l'homme a l'air con.
(José-Maria Téfal, *Résistances*.)

Ils m'ont strié la queue, mais je n'ai pas parlé.
(Dernières paroles de Jean Moulin.)

Un bon voisin est un voisin mort.
(Diogène.)

La compréhension de la porcelaine passe par l'histoire de Limoges.
(Louis XIV, *Les Tasses et Moi*.)

Mais c'est une autre paire de manches, comme dirait Marguerite Duras qui vit avec deux balais.

Il est interdit de descendre avant la raie.
(Alexandre Brossacu, coiffeur pour trains.)

SAINTE THÉRÈSE.– Je veux quitter ce monde et fondre en ton amour.
Emporte-moi, Seigneur, vers l'éternel séjour !
LE CHAUFFEUR DE TAXI.– Vous avez un itinéraire préféré ?
(R. P. Ricard, *Thérèse qui rit.*)

Sale temps, les mouches pètent.
(Mao Tsé-tsé-Toung.)

Madame Maria, il n'y a plus de lait et il faudrait changer la sciure du chat.
(Jean-Paul Sartre.)

Plus belle que moi, tu meurs.
(Henri III.)

Une fois n'est pas coutume, comme l'a si bien dit Henri IV le jour où il sauta sa femme Louise de Lorraine.

Arrête, c'est trop.
(Henri Bergson.)

Fais gaffe au vase de Soissons. Il est consigné.
(Josette Clovis.)

Quand l'État broute, la presse rumine.
(Spinoza.)

Black is beautiful.
(Homère.)

Le dégagement de l'âme est moins pénible à la suite d'une longue maladie.
(Léon Denis, *Après la mort.*)

Quand les pachas dorment, les pachis derment.
(Annie Balle.)

À trop regarder tomber les aveugles, le sourd oublie sa peine.
(Jésus-C., *Footing en Palestine.*)

Comme disait Jean-Paul Sartre en sortant du lit d'Elsa Triolet : « C'est pas que je m'emmerde, mais il est tard ! » Moi, je dirais plutôt comme Elsa Triolet sortant du lit d'Aragon : « C'est pas qu'il est tard, mais je m'emmerde ! »

13 propos pas toujours bienveillants à l'égard des étrangers

I LES BASANÉS

DSEBN Les etrangers basanés font rien qu'à nous empecher de dormir en vidant bruyamment nos poubelles dès l'aube alors que, tous les médecins vous le diront, le Blanc a besoin de sommeil.

II LES AFRICAINS

DSEBN Au nord, l'Afrique est peuplée de chèvres, appelées biques, et d'Arabes, appelés également biques, mais de loin, car certains sont susceptibles.

Les Arabes, fréquemment mâtinés de Berbères, forment un peuple fier et orgueilleux avec un tapis sur l'épaule. Ils envahirent la France bien avant le mildiou, mais furent arrêtés à moitié, dans le Poitou. Nous leur devons les chiffres arabes, le chewing-gum arabique et la virilité glacée de nos tours sarrasines.

Au sud, l'Afrique est peuplée de Noirs qui répondent au nom de « Mamadou », sauf au Sahel où ils ne répondent rien du tout, à cause du sable dans les oreilles et de l'intolérable souffrance irradiant sans trêve leur paroi stomacale desséchée par la faim atroce et palpitante qui les raye un à un de la carte du monde dans l'indifférence placide des nantis du Nord assoupis dans leurs excès de mauvaises graisses.

Les Noirs ont le rythme dans la peau, la peau sur les os, et les os dans le nez. Peu doué pour la planche à voile, le ski de fond, le marchandising et la bourrée poitevine, le Noir moyen, à sa naissance, présente peu de chances de devenir un jour président des États-Unis. Pour l'y aider néanmoins, l'homme blanc, reprenant à son compte une vieille coutume appelée esclavage, l'envoya gratuitement en Amérique où il fit merveille dans les plantations de coton. Au début, les Américains ne virent dans l'homme noir qu'un grand enfant, mais, peu à peu, ils durent se rendre à l'évidence : c'était également un excellent appât pour la chasse à l'alligator.

Après une brutale interdiction légale de l'esclavage, l'Afrique put lutter efficacement contre sa terrible dépopulation grâce à la colonisation. Pionniers superbes, les hardis colons n'hésitèrent pas à combattre la mouche tsé-tsé à mains nues et le paludisme à coups de trique, tout en encourageant la natalité en violant eux-mêmes les femmes noires. Après la colonisation, les Noirs connurent une terrible mais courte période de torpeur. Puis, reprenant du poil de la bête, ils se colonisèrent eux-mêmes.

Quand un Blanc dit qu'un Noir est un con, on dit que le Blanc est raciste. Quand un Noir dit qu'un Blanc est un con, on dit que le Blanc est un con. Ce en quoi l'on a tort. On peut très bien être noir et con. Sauf en Afrique du Sud où seuls les Blancs sont cons. À part Ted.

Les principales ressources de l'Afrique sont l'arachide, plus communément appelée cacahuète ; le cuivre, dont on fait les planches à voile submersibles ; les diamants, qui clignotent en vain aux phalanges boudinées des charcutières ; les lions royaux, que nous enfermons dans nos cages afin que les enfants d'imbéciles viennent en gloussant les voir mourir d'ennui ; le cacao, et si peu d'endives que cela ne vaut pas la peine d'en parler.

L'Afrique est le continent des vacances. Au Nord, il n'est pas rare d'y rencontrer, d'avril à novembre, des tas de congétistes bigarrés et de pimpants piliers de comité d'entreprise, marchandant âprement les immondices en terre cuite qui décoreront désespérément le dessus de leur téléviseur. À l'Ouest, plus bas, donc plus cher, le sombre cadre supérieur, l'obtuse attachée de fesses, le bellâtre creux des créatifs publicitaires, tout ce que l'Europe molle compte de petits nantis, bronzent frénétiquement en février dans l'espoir d'épater en mars d'autres immuables crétins bureaucratiques, aussi cons certes, mais plus pâles. À l'Est, encore plus bas, encore plus cher, le président déchu, l'écrivain alcoolique, le roi du showbizz bottés, casqués, bazookés, couperosés d'importance, posent sans grâce au-dessus du cadavre fragile de la gazelle, ou près du rhinocéros abattu dont la corne, arrachée au cuir, s'ira planter au-dessus de la cheminée du manoir, mandrin terrible et luisant que la bourgeoise au foyer astiquera sans malice en murmurant du Brahms.

III. LES CANADIENS

LESN Pourquoi les Canadiens habitent-ils le Canada, alors qu'il fait un temps magnifique à Miami ? Tout simplement parce que les Canadiens sont à la médiocrité ce que les têtes de cons sont à l'île de Pâques : des monuments.

En résumé, nous dirons que les Canadiens sont imbuvables. Ne buvons point les Canadiens, broutons les Canadiennes.

IV. L'ANGLAIS

TFD L'Anglais est appelé ainsi à cause de ses traits anguleux. C'est pourquoi les Anglais sont tous des angulés. Tandis que le Français, lui, est un ongulé comme le cochon.

Alors que le cochon et le Français sont omnivores, l'Anglais mange du gigot à la menthe, du bœuf à la menthe, du thé à la menthe, voire de la menthe à la menthe.

Non content de faire bouillir les viandes rouges, l'Anglais fait cuire les viandes blanches, telle Jeanne d'Arc qui mourut dans la Seine-Maritime et dans les flammes en lançant vers Dieu ce cri d'amour : « Mon Dieu, mon Dieu, baisse un peu le chauffage ! »

Les deux caractéristiques essentielles de l'Anglais sont l'humour et le gazon. Sans humour et sans gazon, l'Anglais s'étiole et se fane et devient creux comme un concerto de Schönberg.

L'Anglais tond son gazon très court, ce qui permet à son humour de voler au ras des pâquerettes.

Comment reconnaître l'humour anglais de l'humour français ? L'humour anglais souligne avec amertume et désespoir l'absurdité du monde alors que l'humour français se rit de ma belle-mère.

En dehors des heures d'humour, on peut reconnaître l'Anglais à son flegme.

Qu'est-ce que le flegme britannique ? Dans son époustouflant *Britannicus* (1669), Jean Racine nous montre comment son héros continue imperturbablement de lire *L'Osservatore romano* pendant que Néron lui donne des coups de pied dans le phlegmon. D'où l'expression : Le phlegmon britannicus = flegme britannique.

Exemples de flegme britannique :

1) Quand une bombe de cent mille mégatonnes tombe dans sa tasse de thé, l'Anglais reste plongé dans son journal et dit : « Hum, ça se couvre. »

2) Quand il entre en érection, l'Anglais reste dans sa femme et dit : « Hum, ça se lève. »

V. LES GRECS

TFD Toutes les femmes sont des salopes, ma sœur est une sainte. Je ne supporte pas qu'on touche à un poil de la main de ma sœur. Surtout un Grec. Dieu a créé les Grecs pour qu'ils soient pédés, c'est dans l'ordre des choses. Si les Grecs se mettent à être maquereaux, c'est le bordel. Il est là, le danger : un pays qui commence à laisser les Grecs embrasser ses filles est mûr pour le communisme. Derrière chaque Grec qui rit se cache un Russe qui ricane et qui est prêt à venir jusque dans nos bras égorger nos filles et nos compagnes.

DSEBN Les Grecs s'appellent aussi « Hélène » : c'est dire à quel point ils sont pédés. Quelquefois, ils enculent même leurs chevaux et roulent des pelles aux poneyses. Cette pratique fort répandue n'est autre que l'hipposexualité, du grec *hippo*, le cheval, et sexualité, crac-crac. Quand un Grec ne prête qu'une attention polie, voire vétérinaire, au cul d'un cheval, on dit qu'il est hippophobe, du grec *hippo*, le cheval, et *phobe*, le phobe.

VI. LES ITALIENS

TFD Il y a deux sortes d'Italiens. Les Italiens du Nord, qui vivent au Nord, et les Italiens du Sud, qui meurent au Sud.

Les Italiens sont tous des voleurs. Ils n'arrêtent de manger des nouilles que pour voler. Je sais de quoi je parle, il m'arrive souvent de voyager à travers l'Italie. Eh bien, je peux en témoigner : on ne m'a jamais rien volé ! N'est-ce pas extraordinaire ?

Comme les Espagnols, les Italiens ne parlent pas le français !

Rendez-vous compte que, pour se comprendre entre eux, les malheureux sont obligés de parler italien ! C'est horrible.

La capitale de l'Italie s'appelle Rome, en hommage à Raimu et Rémoulade qui fondèrent la ville à quatre pattes sous une louve, mais enfin passons. Peu de villes offrent au touriste autant d'attraits que Rome. Certaines ruines romaines sont tellement belles qu'on dirait le Palais-Bourbon presque fini.

Peu de gens, de nos jours, savent où est née la Renaissance italienne. Eh bien, je suis en mesure de vous le révéler : la Renaissance italienne est née en Italie. Michel-Ange, le Tintoret, Fra Angelico, Léonard de Vinci, Saint-Raphaël, Saint-Martini, etc., etc., tous étaient italiens.

Plus encore qu'à Rome, c'est à Venise que le visiteur s'esbaudit devant tant de splendeur offerte aux regards. Je ne parle pas seulement des filles, qui ont des nichons énormes, mais des innombrables palais somptueux qui bordent la lagune vénitienne où la ville s'enfonce désespérément de jour en jour au rythme lent de sa propre décadence et de la nôtre, entraînant aux abysses toute l'intelligence et la beauté du vieux monde. Il faut être con ou footballeur pour ne pas aimer Venise.

VII. LES SUISSES

LESN Les Suisses sont appelés ainsi parce qu'ils sont très propres sur eux. Même les poux des clochards suisses se reconnaissent à la fraîcheur éclatante de leur teint scandinave

Il existe quatre sortes de Suisses : les Suisses allemands, qui parlent allemand, les Suisses français, qui parlent français, les Suisses italiens, qui parlent avec les mains, et les Suisses romanches, qui feraient mieux de se taire.

VIII. LES ISRAÉLIENS

LESN Qu'ils soient conservateurs ou travaillistes, les Israéliens ont entre eux un point commun : ils ne mettent pas de moutarde dans la confiture de myrtilles. Au Novotel, quand nous repérons un inconnu qui met sa confiture sur son pain sans rien d'autre, avec cet air sûr de soi et dominateur qu'ont ces gens-là, nous devons changer de table.

Israël est un pays assez laid et mortellement ennuyeux. Dedans, il n'y a rien et autour, c'est plein d'Arabes. La seule distraction des Israéliens, c'est *The Lamentation's Wall*, une boîte en plein air où on peut twister contre un mur en lisant un truc genre Coran dont le nom m'échappe à l'heure où j'écris ces lignes, si tant est qu'on puisse appeler ça écrire. Ça ressemble au Coran, mais ça n'est pas le Coran, ni du Canada Dry.

Bref, ce n'est pas un pays très rigolo, et l'on comprend mieux maintenant les motivations des occupants romains qui crucifiaient les clochards de gauche et les dieux de grand chemin, non point par anticléricalisme primaire, mais pour tuer le temps.

IX. LES TURCS

LESN Les Turcs sont moins sauvages que la plupart des bougnoules. Certains même sont fonctionnaires, d'autres ont des gourmettes. N'oublions pas que ce sont les Turcs qui ont inventé les chiottes, qui distinguent l'Homme de la bête. C'est en effet en 612 après Jésus-Christ que le grand Archie Merde s'écria « Eurékaka ! » en sortant de ses latrines. Il avait eu le premier l'idée de baisser son pantalon *avant* de chier.

X. CHINOIS ET JAPONAIS

LESN On ne peut absolument pas distinguer un Japonais d'un Chinois. C'est vraiment pareil.

Lors de la récente visite du Premier ministre japonais en Chine, le chef du protocole nippon a baisé le maire de Pékin dans les chiottes du Royal Bolchevick Hotel de la capitale chinoise. « Je croyais que c'était ma femme », a-t-il déclaré de bonne foi. « Nous nous ressemblons beaucoup, nous autres Jaunes », a-t-il ajouté avant de faire hara-kiri, 10 rue des Trois-Portes.

XI. LES DEUX CORÉES

LESN La Corée est appelée ainsi pour que nous ne la confondions pas avec les couilles, qui sont deux elles aussi, mais qui vivent plutôt en bonne harmonie, malgré la légère différence de latitude. Les deux Corées sont la Corée du Nord, qui est au nord, et la Corée du Sud, qui est en dessous. En fait, oserais-je l'avouer, les deux Corées se touchent.

XII. HISTOIRE DE LA BELGIQUE

LESN L'histoire de la Belgique est aussi insipide qu'une pensee de Bernard Hinault. Notons simplement que la France l'a annexee en 1795, et qu'en l'unifiant administrativement pour donner une impulsion décisive à son economie, Napoléon a plus fait pour l'éclat de la Belgique qu'Ajax ammoniaque pour l'éclat de mes chiottes.

XIII. LES FRANÇAIS

LESN Les Français, peuple couard qui se réfugie sous sa femme dès que les Russes envahissent la Tcheco-slovaquie, vouent une admiration sans borne au maréchal Tito qui osa dire merde à Staline, un jour qu'il était à Serbe.

10 façons plus ou moins flamboyantes de célébrer la femme au singulier et au pluriel

1. *TOUTES LES FEMMES*

FQT Il y en avait de vieilles, avec des seins par terre et des yeux plus d'ici. Des vieilles trébuchantes et froissées, fléchissant vers la terre pour bientôt s'y répandre. Des vieilles à la colonne cassée d'avoir trop donné de coups de reins pour avaler des hommes. Des vieilles qui avaient porté des petits fort précieux qui sont morts en voiture ou commerçants douteux. Des vieilles qui s'assoient sur leur seuil aux plus chauds soirs d'été pour guetter leur dernier hiver en regardant tomber les feuilles rouges s'égouttant des troncs secs, une à une, à gouttes silencieuses comme leur vie qui fuit. Des vieilles oubliées que leur homme a quittées voilà déjà huit ans, en vertu des statistiques officielles, et pour nourrir les cardiologues.

Et des jeunes aux seins durs, qui marchent large et les yeux droits devant. Leurs dents sont pour les pommes et leur ventre plat. Elles sont la seule raison du monde parce qu'elles ont le droit de vie et la force d'éclore dont le roquet couillu qui les grimpe n'est qu'un vecteur interchangeable.

Et des petites filles aussi, qui rient comme des ruisseaux, qui sautent à la marelle avec des grâces que la danseuse étoile ne saura plus revivre, qui chantent en cristal et qui s'ennuient déjà poliment avec les fusils de la guerre pour de rire

Des femmes en somme.

II. *DE L'UTILITÉ DE LA FEMME*

DSEBN Si l'on examine la femme d'un point de vue purement ludique, que constatons-nous ? Eh bien, nous constatons que la femme est souvent pour l'homme un agréable compagnon de jeux. On cite souvent le cas, reconnu médicalement, de nombreux hommes qui ne peuvent connaître de plaisir sexuel qu'avec des femmes. Comme ce gardien de phare paimpolais, Yvon Le Poignet, qui ne pouvait pas rester plus de six mois d'affilee à son poste. Malgre la conscience pro fessionnelle avec laquelle il astiquait son phare entre deux naufrages, il lui fallait absolument revenir pério diquement à terre pour se livrer, sur la personne de son épouse, à des gesticulations spasmodiques dont la seule évocation me soulève le cœur.

De même qu'il ne peut pas vivre sans oxygène, l'homme ne peut pas vivre sans femme.

L'oxygène permet à l'homme de respirer un coup. La femme permet à l'homme de tirer un trait sur son adolescence, pour fonder enfin une famille d'où naîtront bientôt les merveilleux enfants du monde qui grandiront dans la joie avant de périr sous les bombes thermonucléaires dans une dizaine d'années au plus tard.

III. *HYPOTHÈSE*

CHO2 J'ai craint, mes sœurs, que vous ne me jugeassiez importun plutôt qu'utile, et que vous ne me lynchassiez z-ou me secouillassiez partout sauf où ça c'est bon, tant la piètre théorie que je vous aurais soumise m'apparaissait susceptible d'exacerber votre courroux.

En effet, j'avais envie de vous suggérer une hypothèse, insoutenable à vous autres qui souhaitez bâtir un monde en jupon armé, selon laquelle l'une des causes de la faible participation des femmes sur la scène politique serait le simple mépris qu'elles en ont.

S'il y a peu de femmes boxeurs (boxeuses, pardon Huguette) ou colonelles d'infanterie, c'est peut-être parce que la plupart d'entre elles n'aiment pas prendre des coups de poing sur la gueule. Et s'il y a peu de femmes députées, c'est peut-être parce qu'elles ont mieux à faire, l'après-midi, que de participer aux désolantes empoignades entre la rose fanée et le fumier qui la fit éclore. Peut-être n'ont-elles qu'indifférence ou mépris pour tous ces empalés bourbons dont les hyposécrétions subalternes poussent parfois l'honnête homme et souvent l'honnête femme à se demander si l'on ne devrait pas élever l'absenteisme électoral au rang de vertu civique.

Et ne venez pas, poulettes, me gonfler les surrénales avec vos accusations de paternalisme. Je ne suis pas paternaliste. Je puis vous dire au moins trois femmes très bien de mes amies, avec de l'intelligence et des seins partout, qui sont patronnes de leurs affaires et de leur vie, et qui préféreraient renoncer au port du porte-jarretelles plutôt que d'entrer en politique.

IV. ANITA

TDS Cet été-là nous passions nos vacances dans l'immense manoir provençal que nous possédons grâce à la colossale fortune accumulée par ma famille pendant l'Occupation allemande, et là, par un bel après midi de juillet, à cette heure écrasante des siestes moites, je traînais ma langueur en Bermuda fleuri dans la cuisine, à la recherche d'un fruit frais pour apaiser ma soif.

Anita, la matrone quadragénaire de ménage, penchée sur l'évier, épluchait les pommes vertes pour la tarte du soir. Cette femme, cette femme était une espèce de Renoir de garrigue. Ample et grasse, avec un cul joufflu qui ne tremblait pas, des seins obusiers considérables, et, entre deux joues fessues, une immense bouche mouillée à peine ombrée de ce fin duvet noir qui fait l'ambiguïté des vraies femelles latines. Elle se tenait pieds nus, jambes écartées, cambrée comme un poulain de percheron, sans voile aucun sous la blouse accorte des soubrettes campagnardes… Et moi, oubliant soudain mon antimilitarisme primaire, je l'ai prise en soudard, sans même lui dire bonjour, elle a joui sans lâcher ses pommes, dans l'ombre surchauffée des stores vénitiens qu'une guêpe affolée pilonnait en vain.

J'ai failli m'évanouir. Et depuis ce jour, chaque fois que je croise un évier, je l'appelle Anita.

V. MARIE-THÉRÈSE

HD Lettre de Jean de La Fontaine, 12 avril 1659.

Chère Marie-Thérèse,

On me dit que Louis est parti guerroyer en Hollande. Que n'en profitons-nous point pour nous en aller bécoter au bois ? Je vous attendrai dimanche matin devant votre porte de Versailles.

N'ayons point de honte, chère Marie-Thérèse,

notre bon roi lui-même ne se gênant point et ne craignant point de s'afficher avec Paulette d'Orleans depuis qu'il a révoqué Édith de Nantes.

Non, mon aimée, ne rougissez plus. Je veux vous voir heureuse, je veux qu'entre mes bras vous soyez, Marie-Thérèse, celle qui rit quand on l'embrasse.

Allons, soyez mienne. Si vous me montrez votre majesté, je vous ferai voir mon alexandrin. Vous êtes mon chat, ma belette, mon petit lapin. Je vous aime, et c'est fabuleux.

VI. *CHANSON CONJUGALE*

(DUO CHANTÉ AVEC ÉVELYNE GRANDJEAN)

HD Elle

Oyez, oyez, gentes dames et gentils damoiseaux, en ce soir de l'an nouvelet, oyez la complainte de Renaud le roy et de sa doulce épouse en leur foyer françois.

Lui
J'étais avec gais compagnons,
De marketing parlions en rond,
Mais m'amie, m'en reviens céans
D'un séminaire à Orléans
Pour le Nouvel An.
D'Orléans jusqu'à Beaugency,
Moult bouchons m'estois farci

Sur l'autoroute et ses bretelles.
La bagnole j'en ai ras l'écuelle,
Mais ras l'écuelle..

ELLE
Renaud le roi, mon doux mari,
C'estoit le pied que vous ici !
Me suis languie en votre absence,
Réveillon sans vous est chiance,
Chiance.
Mais dois vous dire, mon doux Renaud,
Qu'outre votre assurance auto,
Tant d'impôts net on vous envoie
Et que le vieux chauffe-eau merdoie,
C' qui s'appelle merdoie...

LUI
Plutôt me passes Moët et Chandon
Que me stresser dès qu'arrivions.
Contrariété point m'en faut plus
Mien myocarde s'infarctusse,
S'infarctusse...

ELLE
Une fois l'an, mon doux aimé,
Faut titiller mon gros minet,
Car se fane mon clifounet
Sans votre tendre pine-hochet,
Un an c'est longuet...

Lui
Ma mie, point ne t'échauffes encore,
J'aimerais mieux souper d'abord.
Certes, ton émoi me ravit,
Mais l' cul y a pas qu' ça dans la vie
Ça dans la vie…

Elle
Las, m'amour, ce soir, le menu
Oncques ne fut plus gouleyu :
Huîtr' au beurre noir, foie gras melba,
Escargots crus, bûche aux anchois,
Nouilles à la vodka…

Lui
Encore me fis rata pourri,
Et de colorants me nourris !
Te bastonner parfois je dusse.
Ras-le-bol, it is dégueulibus,
C'est rien, c'est une puce…

Elle
De vous fâcher par mon babil
Me fend le cœur jusqu'au nombril !
Avec un mec si peu branché
Côté plumard, l'est mal barrée
La nouvelle année…

LUI
Dire qu'au couvent des sœurs pauvresses,
J'ai dégoté cette gonzesse !

ENSEMBLE
Mais cessons de nous quereller
Qu'est-ce qu'y a ce soir à la télé,
Soir à la télé ?

VII. LE PLUS BEAU SPECTACLE

TFD Troublante émotion qui naissait à la vue du plus beau spectacle qui se puisse offrir aux yeux de l'homme : cet inestimable morceau de vous, madame, ce carré de chair tendre à la rondeur duvetée, entre la mi-cuisse et le pli de l'aine, exquise frontière entre vos genoux pour tout le monde et votre amour pour moi tout seul !

Il n'y a pas une seule Joconde, il n'y a pas une acropole, il n'y a pas un coucher de soleil sur le Nil, qui soit aussi beau, aussi pleinement beau, que le divin spectacle d'une femme en porte-jarretelles et bas de soie !

DIV En cas de règles douloureuses prolongées, il est recommandé d'avoir sous la main au moins deux maîtresses de cycles non synchrones.

DIV Brigitte Bardot est incapable de faire du mal à une mouche : elle ne sait pas reconnaître une bombe insecticide d'un vibromasseur.

DIV On peut voir le derrière d'Anouk Aimée dans un seul film : *Les Amants de Vérone*, de Prévert et Cayatte. Mais les amateurs de hard lui préféreront la bouche de Denise Fabre qu'on peut toujours admirer d'une seule main en feuilletant *Télé 7 jours*.

DIV Désuète et volontiers monogame, la Maltaise a généralement la peau brune et pulpeuse, et ses hanches de guitare en font un instrument accort, au lit comme à la plage. Mais attention. Quand je dis « instrument », qu'on ne se méprenne pas. Je ne suis pas pour la femme-objet, au contraire : j'aime bien quand c'est moi qui ne bouge pas.

DIV Je sais que pour une femme c'est difficile de rendre un homme heureux… Mais si ce travail vous paraît trop dur toute seule, mettez-vous à plusieurs !

IX. *LA SPEAKERINE*

TFD2 Vous m'apparûtes à l'écran, mon amour – vous permettez que je vous appelle mon amour ? Je crus défaillir.

Je sentis le *fa* se dérober sous mes pas alors que nor malement, c'est le sol, c'est vous dire à quel point j'étais bouleversé. Mes bras tremblaient, mes jambes flageolaient au gigot, c'est tellement meilleur, bref mes membres, je veux dire la plupart de mes membres, mollissaient. J'aurais voulu tourner le bouton car les boutons sont faits pour qu'on les tourne, sinon ça finit par couiller, rouiller, mais je n'avais pas de fesse, de cesse, mais j'étais comme figé devant votre visage, ma bien-aimée – vous permettez que je vous appelle ma bien-aimée ?

La pétillante exubérance de vos yeux, la troublante malice de votre pipe, la troublante malice de votre bouche à faire les pitres, selon saint Paul, l'érotisme acidulé de votre voix de gorge profonde quoique enfantine, mais l'avaleur n'attend pas le nombre des avalés, l'ourlet gracile de vos oreilles sans poils aux lobes, la finesse angélique de votre mou de nez putain, de votre bout de nez mutin dont la pointe rose se dresse vers la nue comme le goupillon trempé d'amour que Mgr Lefebvre agite à la Sainte-Thérèse qui rit dans la Corrèze où la paire de Marie, où le maire de Paris, lui aussi, s'ennuie le dimanche en attrapant des champignons.

X. HÉLÈNE

DSEBN Hélène, princesse grecque, héroïne de *l'Iliade,* célèbre par sa grande beauté. Elle était si belle que, sur son passage, les rose rouges des jardins de Troie pleuraient de rage leurs pétales de sang. Hélène s'en souciait peu. Petite et porcelaine, elle ondulait pieds nus sur le marbre blanc, les seins pointillant sous la soie trouble, le cul ferme et décidé, posant sur l'Achéen le regard sacrilège de ses yeux éméchés. Les hommes d'acier parfois laissaient la guerre pour fondre au feu terrible de son sourire à bouche offerte où se lisait estompée l'inoubliable promesse des plus vibrants paroxysmes.

[…]

Cependant, Hélène s'épanouissait à l'ombre des oliviers. Frêle enfant au rire frais comme un ruisseau d'été, elle sautillait gaiement derrière les papillons blancs, cheveux au vent et feu au cul. Un jour qu'elle s'effleurait alanguie au pied d'un cyprès, elle vit passer sur un cheval blanc un très joli roi charmant qui, champêtre et luxurieux comme on peut l'être au printemps, mit pied à terre pour contempler un peu cette fée naturelle aux yeux mi-clos qui semblait jouer d'une harpe invisible au creux de ses blondeurs secrètes. « Bonjour, belle Hélène, je suis Ménélas, et vous trouve emouvante. »

Elle savait qu'il avait fondé Sparte et qu'il était monté comme un âne. Elle lui donna son cœur, ses fesses, trois enfants et l'occasion de caracoler fièrement devant Troie à quelque temps de là. Offenbach et ses deux librettistes, qui furent les trois plus grands humoristes du second Empire, vous raconteraient cela mieux que moi.

[...]

Les Hélène sont généralement fières, hardies, dures au chagrin mais fragiles au fond, pimpantes, égales d'humeur, indispensables. Celles qui sont nées sous le signe des gémeaux connaîtront un grand amour avec moi, mais pas maintenant, il faut que j'attaque la page des « I ».

11 conseils judicieux qui ne dépareraient pas dans un magazine destiné à la gente féminine

LA, DIV Si vous avez les seins qui tombent, faites-vous refaire le nez, ça détourne l'attention.

Imparable contre les piqûres de moustiques : passez vos vacances avenue Jean-Jaurès à La Plaine-Saint-Denis (93).

Si vous avez attrapé un méchant coup de soleil dans le dos, pensez à vous mettre dessus pour baiser.

Shampouinez-vous à la cinghalaise, c'est-à-dire un mélange de sperme et d'urine de buffle. Avantage : le cheveu reste lisse et brillant pendant plus d'une semaine. Inconvénient : au début de l'opération, un certain degré d'intimité doit s'instaurer entre le buffle et vous.

On cite souvent les aphrodisiaques pour hommes. En voici quelques-uns que le docteur Josepha Gargallo, psychogynécologue à Chicago, recommande aux femmes : un jaune d'œuf cru, une décoction de carvi (ou de cumin), une douzaine d'huîtres, ou mieux, un mec assez bien monté et qui bouge bien des lombaires sans pousser des râles trop grotesques.

Un truc pour laver le linge : dans l'eau de lavage, il suffit d'ajouter de la lessive.

Pour rester belle : suicidez-vous à 39 ans et demi.

On soigne fort bien les engelures des mains en les trempant pendant une demi-heure dans deux litres de soupe de céleri. (Pensez à éplucher le céleri avec les pieds.)

Contre l'ulcère de la langue, prenez des bains de bouche avec une décoction de sarriette (*Satureia hortensis*), et pensez à rouler des pâtés impériaux plutôt que des pelles.

Contre les torticolis : l'amour ne consiste pas à se regarder l'un l'autre, mais à regarder tous les deux dans la même direction.

En cas de morsure de vipère, sucez-vous le genou, ça fait marrer les écureuils.

11 remarques non dépourvues d'acerbité sur les médias et les journalistes

1. LA DISPARITION DE DASSAULT

CHO2 Jeudi dernier, *Le Quotidien de Paris* a annoncé la mort de Marcel Dassault.

Aussitôt, sans même vérifier la source de leur information, les chers confrères ont démenti. « Fausse nouvelle, annoncent les radios dès le journal de 8 heures. Marcel Dassault n'est pas mort. » Une heure plus tard, Marcel Dassault lui-même téléphone à une rédaction. Il prétend qu'il est vivant. Alors qui croire ?

Sans vouloir prendre parti, je puis témoigner, pour avoir assisté il y a cinq ans à une projection de film à côté de monsieur Dassault, que ce dernier ne donnait déjà plus aucun signe de vie. Certes, il s'agissait d'une œuvre léthargico-bucolique où Chantal Goya jouait sans grande conviction le rôle, pourtant à sa mesure, de Blanche-Neige confrontée au drame de la ménopause dans le Poitou. Mais enfin, c'est un film que le PDG de *Jours de France* avait produit lui-même, il y avait mis toute l'émotion dont peut être capable un marchand d'armes international, et il m'avait paru surprenant qu'il s'endormît, j'en avais déduit qu'il était déjà mort.

Quoi qu'il en soit, et quand bien même Marcel Dassault ne serait pas mort, il finira bien par mourir un jour.

Alors, chers confrères, je vous en prie, cessez d'enfoncer un peu plus le journal de Philippe Tesson qui vient déjà d'amortir un sacré coup dur en basculant malgré lui dans la majorité au risque de devenir aussi chiant que *Le Matin* (le journal qui a perdu tout naturel en revenant au Gallo). En réalité, *Le Quotidien de Paris* a été le premier journal de toute la presse française à annoncer la mort de Marcel Dassault et j'attends de pied ferme un démenti. Tout le reste n'est que verbiage et papotage qui sont les deux mamelles de *Jours de France*, le journal de Caroline et Stéphanie font du ski, qui est évidemment la revue glacée préférée des coiffeurs car les pellicules glissent dessus quand les Grimaldi glissent dedans.

Notons au passage, pour le cas où l'annonce du décès de papy vroumvroum serait une fausse nouvelle, qu'elle est plutôt de bon goût. Je veux dire qu'elle est moins sinistre que son contraire qui eût consisté à annoncer : 1° Marcel Dassault va très bien. 2° Pouf, pouf, c'est pas vrai, il est mort.

II. *LE RETOUR DE LA DISPARITION DE DASSAULT*

CHO2 Le décès du sympathique marchand de mort international Marcel Dassault aura décidément ému la France entière de la droite aux cocos et de *Libé* à *Ici Paris*. Pierre Bénichou a brossé dans *Le Nouvel Observateur* le meilleur portrait du génial inventeur de la mitraillette à tirer à travers l'hélice sans la péter. (S'il y a un fêlé qui a compris comment ça marche, qu'il m'écrive, il a gagné un week-end à Beyrouth.) Selon Bénichou, Dassault, dans sa vie privée, affichait un certain mépris vis-a-vis de l'argent – attitude un peu surprenante au demeurant. À l'opposé, on notera qu'au-delà d'un certain seuil de misère, les pauvres affichent un certain mépris à l'égard des poux.

« On a beau être riche, disait Marcel Dassault, on ne peut quand même pas manger plus de deux poulets par jour. »

Eu égard à la médiocrité du plat de référence, on peut déduire de cette surprenante réflexion de papy vroumvroum qu'il n'y a pas d'âge pour faire des mots d'enfant à la Marie-Antoinette.

Toujours à propos de ce pauvre monsieur Dassault, son vieux copain Bleustein-Blanchet a révélé que le mot qui revenait le plus souvent dans son vocabulaire était le mot « joli ». « Il faut que tout soit joli. J'aime que mes avions soient jolis », disait-il.

Joli… c'est vague. Joli… comment ? Comme un petit garçon du Sud juste avant qu'il ait pris sur la gueule une bombe échappée d'un Mirage ?

III. NOTES SUR LA PRESSE

DIV Avec les pieds : c'est la seule façon de lire *Le Figaro* sans se salir les mains.

DIV J'ai lancé une formule publicitaire pour le journal *Le Monde* : le poids de l'ennui, le choc des paupières. Tout le monde a apprécié sauf, curieusement, les journalistes du *Monde*.

Le Monde, le plus objectif des journaux constipés, le plus terne des journaux gris, le seul quotidien français qui ose être encore plus chiant que le catalogue des Trois Suisses (c'est nul, les Trois Suisses, d'accord, mais au moins y a des mémères fardées en gaines à froufrous dedans ! tandis que dans *Le Monde*, rien du tout). *Le Monde* ? C'est le seul journal qu'on redoute à Roubaix.

DIV La seule fois qu'on a vu la photo pleine page d'un ouvrier dans *Jours de France*, c'était celle de Walesa.

DIV Au lieu de vous emmerder à lire tout Sartre, achetez *Minute* : pour dix balles vous aurez à la fois *La Nausée* et *Les Mains sales*. Et les aventures de Pinochet quand il était petit.

IV. LES FRANÇAIS ONT LE DROIT DE SAVOIR

CHO2 Les Français sont adultes, ils le montreront dimanche encore en allant faire un tour, un seul tour, au bistrot pour jouer Trouducul dans la Ve. Ils sont adultes, les Français, et nombreuses sont les questions qui leur viennent à l'esprit à la lecture du papier de Jacqueline Cartier. Car enfin, que nous dit-elle ?

– Que Chantal Goya a acheté un magasin de vêtements.

Avec quel argent ? Comme elle l'a naguère courageusement reconnu lors d'un mémorable face-à-face télévisé avec des plantes en pot, l'essentiel des maigres milliards que rapportent à Chantal Goya ses séances de lavage de cerveau pour enfants d'imbéciles sont immédiatement réinvestis dans de nouvelles entreprises d'abrutissement des masses scolaires. C'est tout juste s'il lui reste de quoi faire face aux inévitables frais que lui imposent déjà les premiers stigmates d'une ménopause bien méritée. Alors, d'où vient l'argent ? Les Français, répétons-le, ont le droit de savoir.

V. *QU'EST-CE QUE LA TÉLÉVISION ?*

HD La télévision, c'est quand Lubitsch, Mozart, René Char, Reiser, ou n'importe quoi d'autre qu'on puisse soupçonner d'intelligence sont programmés à la minuit pour que la minorité béate des assujettis sociaux puisse s'émerveiller dès 20 h 30 en rotant son fromage du soir sur le spectacle irréel d'un hébété trentenaire figé dans un sourire définitif de hernie ventrale et offrant des automobiles clé en main à des pauvresses arthritiques sans défense et dépourvues de permis de conduire.

VI. *SONDAGES*

CHO Et puis voici quelques statistiques et sondages sans lesquels 18,3 % de la vie ne vaudrait pas la peine d'être vécue :

– 100 % des électeurs communistes et 100 % des électeurs du Front national sont contre le cancer ;

– 17 % des enquêteurs de l'IFOP sont collés avec 12 % des enquêtrices de la SOFRES. Ils ont en moyenne 1,8 enfant (un normal et un autre un peu plus petit) ;

– Et enfin : 99 % des Français disent oui à… euh, 99 % des Français disent oui.

VII. *LA LANGUE JOURNALISTIQUE*

TFD On a justement mis le doigt récemment sur l'ennui distillé à longueur de discours par la fameuse langue de bois des politichiens et des politicons. Mais tirez donc celle de certains journalistes, et vous verrez qu'elle est chargée : « On se perd en conjectures sur les causes de l'accident, et on murmure dans les milieux généralement bien informés qu'on laisse entendre de source sûre, mais devant l'amas de tôles froissées et de poutres calcinées l'innocente victime ne fait que répéter "C'est affreux, c'est affreux", et gageons que cette soirée n'engendrera pas la mélancolie. »

VIII. *À UN CRITIQUE DE FILMS*

CHO À un critique de films, dont je tairai le nom afin qu'il n'émerge point du légitime anonymat où le maintient son indigence, dans un hebdomadaire dans lequel, de crainte qu'ils n'y pourrissent, je n'enfermerais pas mes harengs :

Merci à toi, incontinent crétin justement ignoré.

Merci, sinistrissime ruminant, pour l'irréelle perfection de ta bouse, étalée comme un engrais prometteur sur le pré clairsemé de mon inspiration vacillante où je cherchais en vain ce soir les trèfles à quatre griffes de ma haine ordinaire qui s'épanouit jour après jour au vent mauvais qui l'éparpille sur 1 852 mètres grandes ondes avant la publicité pour le GAN et l'UAP et le journal de Patrice Bertin, mais pour écouter dans les tunnels essayez la FM...

IX. *CHRONIQUEUR LITTÉRAIRE*

TDS Moi j'ai un ami qui tient la rubrique littéraire de plusieurs radios libres, et il me disait hier encore : « Moi, vous savez, si j'aurais lu tous les livres, je serais pas été plus avancé pour causer dans le poste ! » Il a raison. Il est dur comme critique littéraire.

X. LÉON ZITRONE

TFD Non, mesdames et messieurs les jurés, non, je n'accablerai pas Léon Zitrone ! Bien sûr, il a fayoté à longueur de *Jours de France* avec les rois, les reines, les présidents, les Boussac, les chevaux, la reine d'Angleterre, Pompon, l'archi d' mes fesses du Luxembourg, le prince pipoté d'Andorre, le trouduc d'Orléans, la marquise de Pompe l'amour, le comte de la Roche-Faux cul, le chancelier de l'Échiquier, tous les faux régnants, du faux règne au père, Foreign Office, foreign du Saint-Esprit, amen.

Il a fait tout cela, le bougre ! Mais avec quel langage ! Quel vocabulaire ! C'est pourquoi je vous le demande en votre âme et conscience, mesdames et messieurs les jurés, peut-on raisonnablement en vouloir à un homme qui a su garder sa langue aussi belle qu'au premier jour après avoir léché tant de monde ?

XI. POIVRE D'ARVOR

LA Patrick Poivre d'Arvor, la courgette obligée des ratatouilles télé-pensantes, se nomme en réalité Poivre tout court. C'est la crainte que l'on ne s'aperçoive pas qu'il était breton qui l'a conduit à accoler ce nom d'artichaut sur son permis de conduire.

5 fragments d'un horoscope pour 1982

I. LES LIONS

HD Vous êtes des fonceurs, et cette année 1982, vous aurez le soleil dans le rayon, c'est vachement bon. Vous serez encore plus fonceurs qu'en 1981, et d'ailleurs, c'est en fonçant que vous irez dans un platane avec toute votre famille, vers la Chandeleur, ça tombe bien c'est la fête des crêpes.

II. LES TAUREAUX

HD Bravo : vous avez Saturne dans le mercure, c'est très bien, et le thermomètre dans l'uranus, c'est bien aussi. Vous savez ce que vous voulez, mais, bien que vous sachiez ce que vous voulez, ne vous cassez pas la tête, vous l'aurez pas. Ceux qui étaient laids et cons en 1981 seront encore laids et cons en 1982.

III. LES CANCERS

HD Les Cancers sont récidivistes. Déjà en 1981 vous aviez mal là : ça va revenir. Mais rassurez-vous, ça ne durera pas. Vous ne mourrez pas des suites d'une longue et cruelle maladie, mais des suites d'une maladie courte et rigolote.

IV. LES VERSEAUX

HD Attention, les Verseaux ! La conjoncture astrale des Verseaux est totalement optimiste, c'est d'ailleurs assez étonnant, sur le plan aussi bien de la santé que de l'argent ou de la réussite sociale. Les Verseaux en 1982 ne trouveront que des raisons d'être heureux à tout point de vue, sauf les Verseaux qui crèvent de faim en Afrique, les Verseaux mineurs qui sont en Silésie, et quelques Verseaux argentins coupés en morceaux.

V. LES GÉMEAUX

HD La Lune est propice, mais vous avez la balayette dans l'anneau de Saturne et le mandrin dans Jupiter, c'est-à-dire que vous devez vous méfier, surtout si vous êtes le premier des cons… euh, non, si vous êtes du premier décan. Vous devez vous méfier si vous avez des relations avec la Vierge parce que quand les Vierges les lutinent, les Gémeaux globinent.

10 appréciations différentes de la condition de célébrité

I. RECONNAÎTRE OU PAS

CHO2 Dans ces métiers péripathétiques du show-biz et des médias, l'on rencontre beaucoup de monde. Et, n'est-ce pas ? ça nous interpelle quelque part, comme ça, n'est-ce pas ? En particulier, cet environnement pléthorique est la porte ouverte à toutes les gaffes. On a beau avoir une excellente mémoire, cela n'empêchera jamais personne d'être incapable de reconnaître, au bout de dix ans de cocktails et de premières, une pétasse bien ravalée d'une star authentique.

[…]

La gaffe la plus notoire dans ce domaine avait pour cadre le théâtre de l'Odéon, je crois. Lors de la générale d'un vaudeville progressiste avec message à gauche et amant dans le placard, un grand acteur de cinéma s'était trouvé assis auprès d'un fringant quadragénaire, dont il était sûr qu'on le lui avait présenté, mézéla, mézéla, mézélassou ?

À l'entracte, ébauche de conversation. Le comédien, justement, pour éviter les gaffes éventuelles, branche assez naturellement le blablabla sur le spectacle de ce soir :

« C'est nul, cette pièce, non ?

– Je suis l'auteur, soupire l'autre.

– Non, je veux dire, le texte est très bon. Mais il y a une telle platitude dans la mise en scène que…

– Je suis le metteur en scène.

– Ah oui ? Ah bon. Non mais. Comment dire ? La vieille qui joue la mère abusive, elle est vraiment tarte.

– C'est ma mère, monsieur. »

II. *ÊTRE RECONNU OU PAS*

CHO2 Ainsi me promenais-je radieux jeudi dernier au rayon lingerie des Galeries Lafayette, à l'heure du déjeuner que la secrétaire expédie d'un bec distrait pour avoir le temps de renouveler ses dentelles.

Je méditais sur la vanité des choses sans perdre de vue ces doigts blancs z-aux ongles rouges frôlant d'un geste sûr et carmin les soies diaphanes et lumineuses des dessous affolants pour nos sens interdits !

J'allais d'un pas moyen dans ces allées exquises, dardant au-dessus de l'intouchable gynécée un œil faux cul d'homme d'affaires pressé cherchant le rayon fumeurs, quand je vis venir vers moi un couple tout à fait insolite en ces lieux. C'étaient deux vieux et gros glébeux à trognes cuites, extradés du Bas-Poitou par quelque noce à Paris. Ils portaient sur le dos les stigmates indélébiles de quarante ans d'emplettes aux « Dames de France » de Champfleur-sur-Yvonne. Lui arborait une casquette neuve plus fluo qu'écossaise, au-dessus d'une capote apatride où se dandinait sa couenne. Elle, radieuse à l'aube de son troisième âge, bloubloutait ses excédents dans un deux-pièces montgolfière. Gras dessus, gras dessous, ils obstruaient sans malice l'allée des petites culottes et s'imposaient à moi

Quand ils ne furent plus qu'à un pas de votre serviteur, l'opulente cococharnelle s'arrêta pile, stoppant du même coup son Cro-Magnon qui manqua de piquer du nez dans un mannequin enguirlandé de chiffonneries noir et rouge plus érotiques que six semaines à Bangkok.

« Ah ben ça alors ! Ah ben vingt dieux ! Ah ben si j' m'attendais ! » beuglait supermolle – car c'était elle – dans l'oreille de son brontosaure à betteraves.

« Mais qu'ess t'a don ma vieille ? » s'interloqua-t-il en regardant dans la même direction qu'elle, c'est-à-dire vers moi.

En réalité elle ne me regardait pas, au sens humain du mot, c'est-à-dire que ses yeux n'étaient pas dans les miens mais un peu à côté. C'était – comment dire ? –

un de ces regards qu'on jette aux objets, un regard dont à juste titre on n'attend rien en retour, un regard pour bibelot, un regard pour l'horaire affiché dans les gares. Avec, en prime, un étonnement majuscule. Comme s'il s'était agi des horaires du train fantôme.

« Mais qu'ess t'a don ma vieille ?

– Ben tu vois don pas çui-là ? » insista-t-elle en le poussant d'une main vers moi tout en me tirant vers lui par l'épaule, ce qui ne fit que renforcer en moi l'idée que je me faisais de son incroyable mépris à mon endroit...

«M'enfin r'gard'don, Raymond bond-là, ce type-là, tu vois ben qui qu' c'est ! M'enfin, c'est l' con d' la télé. »

Et lui :

« Ah putain ! C'est l' con de la télé ! (À moi) : C'est ben vrai ? Vous êtes le con d' la télé ? »

Avouez quand même que le con d' la radio c'est moins voyant !

III. *WHO'S WHO ? TO BE OR NOT TO BE ?*

LA Pour figurer dans l'édition française du *Who's who*, il faut avoir contribué (je cite) au « rayonnement de la France ». D'ailleurs Guy Lux et Rika Zaraï y figurent en bonne place. Il est vrai que pour n'y pas figu rer, il faut répondre par lettre, ce qui implique un minimum d'alphabétisation

Le professeur Léon Schwartzenberg est venu pour rien aux obsèques de Thierry Le Luron, le 13 novembre 1986. La semaine suivante il n'était pas sur la photo, dans *Paris Match.*

Parmi les artistes oubliés qu'on n'a pas osé virer de la télé lors des émissions consacrées aux Restaurants du cœur pendant l'hiver 86, il faut citer M. Hugues Aufray qui, faisant don publiquement des droits d'auteur de son dernier album, a permis d'offrir deux boîtes de petits pois mi-fins « Saupiquet » à une famille de déshérités qui préféraient pourtant Michel Fugain.

IV. J'AI HORREUR DES PARTOUZES

VH Il y a peu, quand je n'étais encore qu'obsédé sexuel, on ne m'invitait guère dans les partouzes. Maintenant que je suis membre de la Société des gens de lettres, on ne peut plus se passer de ma bite dans les fessodromes de Passy.

J'ai horreur des partouzes.

Comprenons-nous bien : j'ai horreur des partouzes organisées. Je n'ai rien contre les élans librement consentis qui peuvent parfois précipiter les uns dans les autres les sacripants bronzés d'un déjeuner sur l'herbe de juin, où l'ivresse mêlée des senteurs d'herbe et de rosé frais peut pousser la secrétaire bilingue à se mélanger les langues, et l'ingénieur des ponts déchaussé à trousser à peine sa cousine assoupie contre le ventre offert et demi-nu que sa camarade de promotion du collège Sainte-Thérèse laisse frémir à la brise. Il est monnaie courante, et gentiment accidentel, que la caresse infime d'une boucle mutine de cheveux fous vienne faire bander un peu la molle pointe brune auréolant le sein au bois dormant de n'importe quelle camarade de promotion du collège Sainte-Thérèse. La faute en incombe au bon Dieu qui inventa le vent du sud pour affoler les jambes honnêtes des hétéro sapiens. On ne saurait en l'occurrence parler de partouze.

Mais chez Priscilla de Lorgasmonte, l'érotisme ne doit rien au hasard. Ici, le déchaînement pluricaleçonnaire est aussi méticuleusement organisé qu'une visite à Chambord d'un troupeau de photomanes nippons. Pour peu qu'ils aient l'humour aux aguets et le sens critique à l'affût, les baiseuses forcenées et les bitailleurs insatiables auront intérêt à les laisser au vestiaire avec leurs sous-vêtements et le sens aigu de leur dignité. On ne peut pas s'envoyer en l'air quand on a le moral d'en bas

V. AUTRICHIENS

LESN Parmi les Autrichiens célèbres, on peut citer Richard Strauss, inventeur du tournis, Romy Schneider, inventeur du Zizi impératif, et Sigmund Freud, inventeur du Paranoïaque. Sans Sigmund Freud, l'Homme ne saurait pas qu'il a envie de baiser sa mère. Ce serait la fin du monde.

VI. DANIEL AUTEUIL

LA Ni son talent, ni l'estime justifiée de son chaleureux public n'obligeaient l'acteur de cinématographe Daniel Auteuil à plonger dans une fosse septique pour y dire son dégoût de la merde. Pourtant, il a choisi d'aller s'exhiber dans une des émissions de jeux les plus sidéralement stupides de TF1 pour y déclarer qu'il n'aimait pas la télévision. « *Parce que* (je cite) *elle contribue à vider les salles de cinéma.* »

VII. RÉQUISITOIRE CONTRE PLASTIC BERTRAND

TFD Non, mais qu'est-ce que vous croyez, Jean-François Polystyrène ?

Vous vous imaginez sans doute que la justice de ce pays n'a rien de mieux à faire qu'à dépenser les milliards des contribuables en épluchant le lamentable inventaire de vos chansons grotesques qui vous sert de curriculum vitae ?

Qui est-il, mesdames et messieurs les jurés, ce frémissant loukoum wallon ? « Je ne ressemble à personne », dit-il dans *Paris Match* à Philippe Bouvard, le mètre étalon de l'humour parisien. Alors comme ça, Gonzague Polyester, vous ne ressemblez à personne ! Vous voulez dire que vous ne ressemblez à rien.

VIII. RÉQUISITOIRE CONTRE GILBERT TRIGANO

TFD2 Alors voilà. Voilà cet homme que l'on juge aujourd'hui. N'attendez rien de moi, monsieur Trigano. Je ne vous conseille pas plus de compter sur ma clémence que de sauter sur ma Josiane.

Dans un cas comme dans l'autre, vous seriez déçu la clémence a ses règles et Josiane a des limites, monsieur.

Qui est Gilbert Trigano ? Mesdames et messieurs les jurés ?

Que savons-nous vraiment de l'auteur des parcs à ploucs ? Pas grand-chose, sinon qu'il a plus fait pour la démocratisation des vacances qu'Ajax à mon niaquoué pour la beauté de mon Chinois.

IX. CLAUDE FRANÇOIS

LA Debout tout nu dans sa baignoire pleine, ce 11 mars 1978, le chanteur Claude François bricolait des fils électriques en chantant *Si j'avais un marteau*, quand une fan malentendante lui a refilé un tournevis en acier, lui aussi trempé.

Il faudra attendre l'apogée de Julien Clerc pour que le rock français renoue pleinement avec sa période chèvre.

X. SERGE GAINSBOURG

FDT C'est le seul génie qui ressemble à une poubelle.

FDT La dernière fois que j'ai vu Serge Gainsbourg en public, il suintait l'alcool pur par les pores et les yeux, et glissait par à-coups incertains sur la scène lisse d'un théâtre parisien, la bave aux commissures et l'œil en perdition, cet homme était mourant. Un parterre de nantis bagués et cliquetants l'encourageait bruyamment à tourner autour de rien en massacrant les plus belles chansons nées de son génie.

5 remarques sur la question de l'handicap, du handicap ou d'autres infirmités

I. L'HOMME À TRAVERS LES ÂGES

HD L'homme : il est bon avant l'âge de 4 ans et après la sénilité totale. Il est bon quand il est irresponsable. Pas pendant la période intermédiaire.

II. COLIN-MAILLARD AVEC UN AVEUGLE

MNC CYCLOPÈDE.– Le Seigneur a dit : « Tu aimeras ton prochain comme toi-même. » Personnellement, je préfère moi-même. Et d'ailleurs, j'ai horreur qu'on me tutoie. Cependant, avec un peu d'entraînement, nous devons parvenir à aimer notre prochain presque autant que moi-même.

Dans un premier temps, tentons d'aimer un prochain handicapé, c'est plus facile, son infirmité le rendant évidemment plus perméable à notre amour qu'un grand beau balaise.

(On le retrouve debout près d'un aveugle, également debout.)

La meilleure façon d'aimer notre prochain comme moi-même consiste à l'intégrer le plus naturellement du monde à nos jeux. Ainsi vais-je maintenant condescendre à jouer à colin-maillard avec ce sympathique aveugle.

AVEUGLE.– Chic !

CYCLOPÈDE.– Car l'aveugle est le seul prochain qui soit toujours prêt, sans le moindre accessoire, à jouer à colin-maillard.

AVEUGLE.– Sans le moindre accessoire !

CYCLOPÈDE *(à la caméra)*.– Regardez bien.

AVEUGLE.– Moi ?

CYCLOPÈDE.– Non, pas vous. *(À la caméra :)* Vous regardez bien ? *(Cyclopède se noue un foulard sur les yeux.)* Prêt ?

AVEUGLE.– Prêt !

CYCLOPÈDE *(soulevant son foulard pour tricher et touchant l'aveugle toujours immobile).*– C'est l'aveugle !

AVEUGLE *(il pouffe).*– On s'est bien amusé !

CYCLOPÈDE.– Étonnant, non ?

III. POUR LES MYOPATHES

LA Il faut donner pour les myopathes. C'est toujours ça que les Restaurants du cœur n'auront pas.

IV. VOUS POUVEZ COMPTER SUR NOUS

HD *Vous pouvez compter sur nous*, c'est une nouvelle émission de Pierre Bellemare. C'est l'histoire d'une dame qui a demandé un chien d'aveugle depuis dix ans. On lui téléphonait de la mairie pour lui donner ce chien d'aveugle, mais comme elle était sourde, elle n'entendait pas. Finalement, grâce à Bellemare, elle a un berger allemand qui n'arrête pas de la mordre parce qu'elle est arabe.

V. LES NON-HANDICAPÉS

CHO2 Mes chers amis,

C'est avant tout en tant que président de l'Association des non-handicapés de France que je m'adresse à vous ce soir.

C'est vers vous, les non-vieux, les non-jeunes, les non-chômeurs, les non-femmes, les non-affamés, les non-émigrés, les non-homosexuels, les non-infirmes, les non-mongoliens, c'est vers vous que vont ce soir toutes mes pensées.

Nous formons dans ce pays, mes chers amis, une minorité, certes, mais cette minorité, comme les autres minorités, a le droit de se faire entendre. Et pour cela, nous devons nous unir, et montrer au monde que nous existons. Avec nos différences, certes – mais ces différences, les autres doivent, au nom de la solidarité nationale, les reconnaître et les accepter.

Nous sommes des hommes comme les autres.

Nous ne gênons personne en allant travailler tous les matins la tête haute, sans canne blanche ni béquilles. Si la nature nous pousse à avoir des rapports intimes avec des personnes du sexe opposé au nôtre, en quoi cette singularité dérangerait-elle le bourgeois ?

5 activités pour contribuer *à un* **Portrait psychosomatique du sportif commun**

HD On peut diviser les sportifs en trois grandes catégories : les mâles, les femelles, et les nageuses est-allemandes.

Comme l'homme, le sportif est un mammifère, il se reproduit donc de la même manière. Quand le sportif sent monter en lui l'appel irrésistible du désir, c'est plus fort que lui : il faut qu'il aille au stade. Alors il va au stade et ça passe.

Moins imaginative, la femme du sportif sentant grandir en elle l'appel du désir va *au* coiffeur, et non pas *chez* le coiffeur où elle risquerait de rencontrer la coiffeuse

On dénombre en France cinq grandes espèces de sportifs

I. CYCLISME

Le cycliste moyen est viscéralement sous-doué. D'ailleurs, il a la tête plus bas que le cul, surtout dans les côtes, on peut l'observer assez facilement.

Au lit comme à bicyclette, la caractéristique du cycliste est qu'il espère faire mieux la prochaine fois.

Le cycliste a une seconde peau qui s'appelle le maillot jaune. C'est un simple maillot de type Jean-Edern Hallier, c'est-à-dire qu'on le voit très bien à l'image, même de très loin, et qu'il s'enlève tout seul.

II. TENNIS

Le tennis est un sport noble, mais ennuyeux, comme on a pu en juger récemment en écoutant le commentaire radiophonique de la finale de Roland-Garros : « C'est Vilas qui passe à Wilander, qui passe à Vilas, qui passe à Wilander… »

III. BOXE

On a beaucoup médit de la boxe, on a même prétendu que les anciens boxeurs à la retraite devenaient de véritables épaves humaines. C'est complètement faux : il existe d'anciens boxeurs heureux, ils lisent tranquillement *Pif le chien* en braille, et tout va bien pour eux.

IV. COURSES HIPPIQUES

Les courses sont le sport le plus distingué en France. Les hippodromes d'ailleurs sont pleins de bégums et de vieilles baronnes emperlousées qui regardent des nains bariolés filer des coups de pompes dans le bide à des canassons en sueur qui ne leur ont rien fait. Ces baronnes achètent leurs perles avec l'argent des allocations familiales que les besogneux viennent claquer aux courses. C'est le sport national français.

V. FOOTBALL

Bien que l'essentiel de son savoir-faire se situe au niveau de ses pieds, le footballeur est egalement fort bien musclé du cou. On cite notamment le cas du footballeur Platini dont le tour de poitrine atteint 118 cm entre le M et le deuxième O de Marlboro.

Une question qu'on peut se poser : y a-t-il une intelligence du sportif? Oui. Elle est d'ailleurs sensiblement la même chez le footballeur, le tennisman, le jockey, le cheval ou le cycliste.

Le quotient intellectuel du sportif moyen est voisin de celui de l'autruche. D'ailleurs si l'autruche baisse la tête, ce n'est pas du tout pour l'enfouir dans le sable, mais pour avoir l'air d'un coureur.

Pour finir, un chiffre : le record mondial du plus bas quotient intellectuel chez un sportif est détenu actuellement par le soviétique Youri Korsikov : c'est lui qui a tenté, en vain d'ailleurs, d'imposer aux derniers jeux Olympiques le lancement du poids sur glace.

6 attaques préméditées contre quelques institutions éminentes

I. L'ARMÉE

TFD La guerre est faite par des gens qui ne se connaissent pas et qui s'entre-tuent, pour le compte de gens qui se connaissent mais qui ne s'entre-tuent pas.

CHO Prenez n'importe quel petit jeune homme effacé. Peignez-le en kaki et mettez-le avec vingt autres enkakifies comme lui, et vous verrez comment ils trouveront ensemble le noble courage de siffler les jupons qui passent, d'insulter les mères de famille, de pisser sur les quais de gare en bramant des chansons à boire, d'organiser de distingués concours de pets dans les chambrées pour égayer les longues soirées d'hiver.

II. RENTABILISONS LA MINUTE DE SILENCE

MNC *(Cyclopède et figurants, tous manteaux et écharpes, tête basse, chapeau à la main : c'est la minute de silence. Envisager flamme sacrée au premier plan.)*

CYCLOPÈDE *(chuchotant)*.– Afin de s'embuer le cortex d'émouvants souvenirs de carnages internationaux, il arrive que l'homme se regroupe en petits tas moroses pour respecter une minute de silence. Sans vouloir le moins du monde dénigrer cette institution sacrée du génie humain, force nous est cependant de constater que la minute de silence, pour qui la vit avec tout le recueillement souhaité, est extrêmement longue.

Comment faire, alors, pour tuer le temps pendant ces soixante longues secondes ? Eh bien, c'est très simple : profitez-en pour compter vos cheveux.

(Comptant, lèvres remuant à peine.)

Étonnant, non ?

III. L'ACADÉMIE FRANÇAISE

TFD Quand il a fini d'écrire des conneries dans le dictionnaire, à quoi sert un académicien français ? À rien. À rien du tout. Non mais, regardez-le, mesdames et messieurs les jurés ! Voyez ce triste spécimen de parasite de la société, qui trémousse sans vergogne son arrogance de nanti sur le banc vermoulu de l'infamie populaire. Voyez-le glandouiller sans honte dans ce minable tribunal de pitres grotesques à l'heure même où des millions de travailleurs de ce pays suent sang et eau dans nos usines, dans nos bureaux et même dans nos jardins, où d'humbles femmes de la terre arrachent sans gémir à la glèbe hostile les glorieuses feuilles de scarole destinees à décorer les habits verts des quarante plésiosaures grabataires qui souillent le quai Conti du chevrotement comateux de leurs pensées séniles.

N'avez-vous pas honte, monsieur d'Ormesson, de vous commettre ainsi avec ces trente-neuf vieilles tiges creuses, rien dans la cafetière, tout dans la coupole !

N'avez-vous point honte de vous exhiber dans cet affligeant gérontodrome, vous qui êtes encore jeune et fringant, malgré les rides affreuses qui commencent à défigurer de façon dramatique votre visage naguère aristocratique ?

N'avez-vous point honte à votre âge, un grand garçon comme vous, de vous déguiser périodiquement en guignol vert pomme avec un chapeau à plumes à la con et une épée de panoplie de Zorro ? Est-il Dieu possible qu'un écrivain aussi sérieux que vous fasse partie des quarante papy-la-tremblote tout juste encore bons à réchauffer leurs os cliquetants au soleil du front de Seine en se demandant s'il y a un N ou deux à zigounette ?

N'avez-vous point honte, Jean d'Ormesson, de fricoter dans les belles-lettres en compagnie de Jean Mistler, d'Henry Bordeaux, d'André Maurois ou de Jean Dutourd, autant d'écrivaillons tellement inexistants que je me demande s'il n'y en a pas déjà la moitié de morts ?

Est-il Dieu possible qu'il existe une précocité du gâtisme ? Peut-on être gâteux précoce comme on est éjaculateur mondain ? Si cela était, cette question en amènerait une autre, encore plus terrible. Et c'est à vous que je la pose, monsieur d'Ormesson : serait-il Dieu possible que des gâteux écrivent dans *Le Figaro* ? Je ne puis le croire !

IV. LE FESTIVAL DE CANNES

DSEBN Haut lieu du tourisme balnéaire international, célèbre pour sa croisette bordée de palmiers et pleine de connes emperlousées traînant des chihuahuas, Cannes brille surtout pour son festival annuel du cinéma où les plus notables représentants de la sottise journalistique parasitaire côtoient les plus éminentes incompétences artistiques internationales, entre deux haies de barrières métalliques où, sinistrement empingouinés, le havane en rut ou la glande mammaire au vent, pressés, tassés, coincés, luisants comme des veaux récurés qu'on pousse à l'abattoir, tous ces humanoïdes chaleureusement surgelés se piétinent en meuglant sous les brames effrayants des hordes populaires. Hormis le congrès annuel des garçons de bain cégétistes et les soirées gourmettes chez Régine, peu de réunions mondaines laissent suinter autant de vulgarité.

V. LES CÉSARS

LA À la fête annuelle des remerciements à toute l'équipe sans qui le film n'aurait pas pu se faire, l'objet contondant en forme de biroute sinistrée récompensant le meilleur acteur revient en 1986 à Christophe Lambert, l'inoubliable loucheur hébété des arbres à singes.

VI. *DISCOURS CONTRE LE ROCK PRONONCÉ POUR L'INAUGURATION DU PRINTEMPS DE BOURGES, AVRIL 1987*

FDT Monsieur le conseiller général du Cher,

Monsieur le maire communiste de Bourges (comment peut-on ?),

Monsieur le président du conseil régional de la Région Centre,

Messieurs les politicards de droite et de gauche,

Mesdames et Messieurs les journalistes vendus ou à vendre,

Mesdames et Messieurs les professionnels honnêtes ou véreux du spectacle,

Camarades artistes,

Vedettes ou ringards,

Vous tous et toutes qui êtes venus nombreux ici ce soir en croyant que le buffet était de Lenôtre,

Cher Daniel Colling qui avez su faire du Printemps de Bourges ce qu'il est aujourd'hui, je veux dire un authentique et véritable bordel,

À tous, amis de la musique de nègres et de la culture sous chapiteaux,

Bonsoir !

En l'absence de Coluche, qui a été retenu par un cercueil, et de mon confrère et ami Guy Bedos qui participe en ce moment même à la remise du prix « gauche-caviar » à Laurent Fabius pour son livre *Je m'ai bien marré à Matignon*, en l'absence de ces rois du rire, c'est à moi, Mesdames et Messieurs, qu'échoit le redoutable honneur de présider cette grotesque mascarade promotionnelle et médiatique dont l'intérêt culturel n'échappera à personne, bien que, je le répète, le buffet ne soit pas de Lenôtre.

Je serai bref, rassurez-vous, comme je sais l'être chaque fois que je m'estime sous-payé par rapport à l'ampleur de la tâche qui m'incombe. Et croyez-le,

Mesdames et Messieurs, elle est rude pour moi cette tâche. Quoi de plus difficile, en effet, pour un homme de mon faible gabarit, que d'avoir à s'exprimer haut et fort sur un sujet qui l'emmerde, devant des gens qui ne sont pas de son milieu ! Je vous le dis comme je le pense, personne n'était moins désigné que moi pour prendre la parole ici ce soir.

En effet, Mesdames et Messieurs, le Printemps de Bourges, j'en ai rien à secouer : je hais le rock, je conchie la musique classique, le jazz m'éreinte, et Jane Birkin commence à nous les gonfler avec ses regards désolés de mérou au bord des larmes. Quant aux humoristes français qui ont survécu à l'hécatombe de 1986 au cours de laquelle deux employés de Paul Lederman sont tombés coup sur coup (et je pèse mes mots), quant aux humoristes français, dis-je, je dois à l'honnêteté de reconnaître qu'il n'y en a plus en France. Ce ne sont pas Michel Leeb et Stéphane Collaro qui me contrediront sur ce point. On me dira que j'exagère. Bien sûr, Raymond Devos et Louis Leprince-Ringuet font toujours pouffer les rigolards du troisième âge, mais pour combien de temps encore ?

Comme vous, Mesdames et Messieurs, j'ai reçu le dossier de presse de ce énième Printemps de Bourges. C'est avec consternation que j'ai pris connaissance du programme des réjouissances qui vont se dérouler chez les bouseux berrichons pendant dix jours, du 17 au 26 avril prochain. Le croirez-vous : en dehors du mien, aucun des noms d'artistes tous azimuts qui défilaient sous mes yeux ébahis ne m'étaient familiers. « Est-il possible, me disais-je en mon for intérieur, est-il possible qu'en dehors de Pierre Desproges qui se donnera en spectacle le samedi 25 à 17 heures au Palais des Congrès, place 100 F et 75 F, est-il possible qu'en dehors de ce garçon, il n'y ait rien d'intéressant à voir au Printemps de Bourges ? » Bien sûr, on relève, dans cette liste, ô combien cosmopolite, les noms de vieilles célébrités du flonflon pré-pompidolien comme Charles Trenet, le Fanon chantant, ou Gustav Mahler du Balajo munichois ou ceux de quelques brameurs moribonds du gospel des fifties, comme ce pauvre Ray Charles qui lui non plus n'est pas blanc blanc dans cette affaire.

Pour le reste, rien. Le désert, le néant, la boîte crânienne à Lalanne.

Dans ces conditions, Mesdames et Messieurs, je vous le demande : pourquoi diable aller à Bourges ?

Car enfin, que nous propose ce Printemps pourri, en dehors de ces spectacles nauséabonds ?

Des expositions. Quelles expositions ? (je lis) : « À la maison de la Culture, seront exposés les instruments traditionnels des musiciens du Berry. » Quel Berry ? Richard Berry ? Claude Berri ? Jules Berry ? Strawberry ?

Quels instruments du Berry ? la bombarde à six

trous ? la flûte à pompe ? la cornemuse berruyère à souffler dans les chèvres ? le tromblon chérois ?

Allons-nous, amis parisiens qui sommes tous débordés par l'exigeante âpreté de nos tâches urbaines qui nous conduisent chaque jour au bord de l'infarctus et de l'illégalité, allons-nous tout quitter brutalement pour aller mirer des binious chez les ploucs ?

Et qu'est-ce que c'est que ce village des sponsors ? dont le dossier nous dit (je cite) : « La nouvelle salle du Festival abritera l'Accueil professionnel. On y trouvera un tout nouvel espace, "le Village des Sponsors", lieu de rencontre privilégié où se retrouveront journalistes, artistes, partenaires du Festival. »

Moi je veux bien. Mais qui nous dit que des capotes seront bien distribuées à l'entrée ?

Alors ? Qu'aller faire à Bourges ?

Dormir à l'hôtel d'Angleterre, où, si j'en crois le dépliant local, les chiens et les handicapés physiques sont admis ? Coucher entre un paraplégique et un cocker, piètre consolation, n'est-il pas vrai, pour qui n'est ni zoophile ni suceur de béquilles.

Non, chers amis culturo-dépressifs que seule la soif de sancerre a éjaculés du bureau comme elle fait sortir le loup du bois, non, chers amis parasites venus vous goinfrer aux frais de la branche dure du groupe

« Vingt dioux la Marie v'là les gars de Paris qu'arrivent », non, nous n'irons pas là-bas, malgré le chant des sirènes qui nous crient aux oreilles, tel François Léotard coursant la mère Duras dans la rue Séraucourt : « Au cul la vieille, c'est le Printemps de Bourges. »

12 arguments imparables pour ridiculiser les hommes politiques de droite comme de gauche

I. LA RÉVOLUTION

LA Le 14 juillet 1789, à Paris, une poignée d'agités enfonce la porte d'une prison désaffectée.

Grâce à quoi les bourgeois prennent le pouvoir.

Deux cents ans après, ils y sont toujours.

L'élite de ce pays permet de faire et défaire les modes, suivant la maxime qui proclame : « Je pense, donc tu suis. »

II. *LA GAUCHE ET LA DROITE*

TDS « Qu'on soit de gauche ou qu'on soit de droite, on est hémiplégique », dit un jour Raymond Aron à Jean-Paul Sartre qui lui répondit : « Je ne vois pas très bien ce que vous voulez dire par là. Par là non plus. »

TDS Si la gauche-caviar est exécrable, la droite-œufs-de-lump est franchement dégueulasse.

III. *LE MARXISME*

TFD2 « Plus c'est pauvre, plus c'est con », disait Karl Marx…

Karl Marx qui avait oublié d'être con lui-même, sinon il aurait pas écrit *Mein Kampf*… ou *Le Capital*.

Combien d'entre nous, mesdames et messieurs les jurés, combien d'entre vous, bandes de piliers de flippers gavés de caca-cola, combien d'entre vous ont lu *Le Capital* ? À partir du *Capital*, c'est la bourgeoisie qu'on assassine, mais vous vous en foutez, misérables. Peu vous chaut qu'on assassine la bourgeoisie. Vous n'en avez rien à secouer. […]

Pourtant, Dieu me tripote, n'est-ce point un devoir sacré que de lire Marx et Engels et Lénine ? Allez-vous rester anticommunistes primaires toute votre vie alors qu'il suffit de lire Marx une fois pour devenir aussitôt anticommuniste secondaire ?

Ah, certes, *Le Capital* est un livre austère. C'est un peu comme l'annuaire : on tourne trois pages et on décroche.

IV. *ABRÉGÉ DE LA VIE DU GÉNÉRAL DE GAULLE*

DSEBN Né dans une famille pauvre mais digne, noble mais propre, Charles de Gaulle fut élevé dans l'amour de la patrie, le respect du drapeau, la dévotion à Jeanne d'Arc et la foi en Dieu sans qui l'oiseau qui trille, le ruisseau qui chante et le cancer qui ronge n'existeraient pas.

Bon élève, bon camarade, Charles souffre dès l'enfance d'une timidité presque maladive, due sans doute à son aspect physique étonnant. À douze ans, il est déjà grand comme une planche à voile, avec de beaux yeux lourds d'épagneul déçu, un menton fuyant les mondanités sous une bouche d'une tristesse de Chopin surmontée d'un nez plus grand que mon interphone.

En 1913, au bal des Petits-Lillois, cet appendice nasal considérable fait forte impression sur la jeune et belle Yvonne de Taizon Nozémois qui avait ouï-dire que plus un homme avait le nez long, plus longue était son espérance de vie.

Elle l'épouse à Saint-Mauroy, c'est la joie, et la guerre de 14 peut commencer.

[...]

Le 16 juin 1940, à midi, il fait 27° à l'ombre à Paris. Écœuré, de Gaulle gagne l'Angleterre le 17.

Le 18 juin, d'un bureau climatisé de la BBC, il lance l'appel du même nom, au terme duquel il demande aux Français de résister à la chaleur en allant batifoler dans les sous-bois jusqu'à ce que ça fraîchisse.

Le 6 juin 1944, enfin, le thermomètre n'affiche plus que 13° à six heures du matin. On peut faire du bateau au bord des plages normandes sans risquer l'insolation. Ce jour-là, on verra même des Américains (tous de grands enfants) se baigner tout habillés pour aller pêcher le pruneau de mer.

« Mets une laine », dit Yvonne de Gaulle à son mari, qui sort pour prendre le pouvoir sous la pluie. Les vivats surexcités de milliers de cons gelés, fébrilement occupés à retourner leur veste, l'accueillent sur les Champs-Élysées et renforcent en lui l'idée que les Français sont des veaux.

Écœuré pour la seconde fois, de Gaulle laisse bientôt ces bovidés s'entrebrouter sans lui. Le cœur lourd et la déroute sous le bras, il va vivre à la campagne. C'est là qu'il rédigera, d'une plume étonnamment fine chez une cigogne de sa corpulence, des livres immenses auprès desquels les catalogues et les maupassanteries des roitelets d'aujourd'hui font figure de bouche-vitrine pour la gare Saint-Lazare, départ banlieue.

[...]

Depuis, nous n'avons plus de grand homme, mais des petits qui grenouillent et sautillent de droite et de gauche avec une sérénité dans l'incompétence qui force le respect.

V. GEORGES MARCHAIS

TFD Georges Marchais a fait [...] une très belle carrière politique en restant persuadé que Haussmann, Malesherbes et périphérique sont des maréchaux d'Empire. En géographie, il est encore plus nul : il croit que Varsovie est dans la banlieue de Moscou.

VI. VALÉRY GISCARD D'ESTAING

FDT Giscard : célèbre chauve creux de la seconde moitié du seizième arrondissement.

VII. RAYMOND BARRE

HD Tout ce qu'on peut dire de Raymond Barre, c'est que ce n'est pas la moitié d'un con : il est énorme.

VIII. FRANÇOIS MITTERRAND

Les François

DSEBN Quand ils sentent le vent tourner, grâce à leur instinct d'imbécile, les François n'hésitent pas à s'engager dans la Résistance en 43, 44, 45, voire, pour les plus sots, en 46. Grâce à la longueur de leurs crocs, qui laissent des traces sur les moquettes ministérielles où ils plient l'échine jusqu'à ramper pour obtenir la moindre poussière de pouvoir, les François peuvent espérer se hisser un jour sur le plus élevé des trônes, celui du haut duquel, dans l'ivresse euphorique des cimes essentielles, l'imbécile oublie enfin qu'il est posé sur son cul. Alors, serein, benoît, chafouin, plus cauteleux que son hermine et plus faux que Loyola, il entraîne paisiblement le royaume à la ruine, en souriant comme un imbécile.

La victoire (mai 1981)

TFD Enfin, Mitterrand a gagné, tout ça va changer ! Ça faisait un demi-siècle qu'il attendait cela, le bougre ! Comment lui en vouloir ? Toute sa vie, il n'a rêvé que de cela. Tout petit déjà, à l'école des jésuites de Saint-Focu-sur-la-Commode, il se déguisait en roi de France, avec une couronne sur la tête, et une plume… La plume, il n'a jamais pu l'arracher, c'est pourquoi d'ailleurs, vous l'avez tous remarqué, les seules fois que Mitterrand se laisse filmer ou photographier de dos, c'est quand il a son manteau en poil de chameau, pour qu'on ne voie pas la plume… Alors, je vous le demande, Françaises, Français, comment en vouloir à cet homme qui a tant gesticulé de droite et de gauche au cours d'une vie ô combien riche en retournements, et qui va enfin pouvoir entrer dans le troisième âge bardé de tricolore et s'asseoir sur son trône percé, pour la plume ? Comment en vouloir à Mitterrand qui est de gauche depuis si longtemps maintenant qu'on ne sait même plus très bien ce qu'il faisait comme métier avant ?

Symbole

LA Premier geste symbolique de François Mitterrand, élu quatrième président de la Cinquième République le 10 mai 1981 par 51,75 % des voix (contre 48,24 % des voix à Valéry Giscard d'Estaing). Il pisse autour de l'Élysée pour délimiter son territoire.

Toujours lui

FDT François Mitterrand est tellement égocentrique que, quand on ne parle pas de lui, il croit qu'il n'est pas là !

IX. JACK LANG

DIV Jack Lang est né à Mirecourt dans l'indifférence générale, le 2 septembre 1939, quelques heures avant la déclaration de guerre. D'un naturel jaloux, il en conservera une certaine forme d'antinazisme primaire qui ne le lâchera plus.

DIV Reviens, Jack. Sans toi la France du cœur et de l'esprit s'étiole. Reviens. Jamais nous n'oublierons que c'est sous ton règne qu'ont éclos les indispensables talents de Rika Zaraï et du groupe Indochine.

Sans toi la culture n'a plus de ministère. Et nous le savons bien, nous autres artistes, que la culture sans ministère, c'est aussi absurde qu'un Bantou sans igloo ou qu'un poisson sans bicyclette.

X. *L'AFFICHE DE CHIRAC*

TFD La photographie de Jacques Chirac a nécessité cinquante-cinq jours de travail. Six tailleurs, quatre coiffeurs, sept maquilleuses et quarante-deux photographes de génie se sont succédé dans le bureau du maire de Paris afin de lui tirer le portrait. Trois mille quatre cent douze épreuves ont été finalement développées. Pour choisir la bonne, monsieur Chirac s'est entouré d'un jury exceptionnel composé de cent quarante-six personnes : chefs de cabinet, beaux-frères, huissiers, ploucs corréziens, édiles de Brive, femmes de chambre, belles-sœurs, cadres supérieurs moyens et inférieurs, humbles éboueurs sénégalais plus particulièrement détachés à la poubelle personnelle de monsieur Chirac, anciens ministres UDR, vieux barons gaullistes, publicistes géniaux, et même un cantonnier, celui-là même qui apprit le caniveau à Jacques Chirac quand il était tout petit.

C'est seulement après cette somme de travail inouïe, et à l'issue d'un vote houleux et extrêmement épuisant, qu'a pu être sélectionné cet incroyable chef-d'œuvre qui terrorise les enfants et les bigotes.

Jamais une affiche pour film d'horreur n'aurait osé aller aussi loin : c'est carrément « Le Docteur Mabuse à l'Hôtel de Ville », « Dracula va gerber » ou « Les Diarrhées de Frankenstein ». Ah, messieurs les candidats aux présidentielles, quand on voit quelle image de vous-mêmes vous choisissez de donner au peuple pour vous faire élire par lui, avouez que le peuple est en droit de se demander si vous ne le prenez pas pour plus con qu'il n'est. Après ça, ne vous étonnez pas si, au jour du grand choix, y en a qui vont à la pêche ou qui votent pour le clown.

XI. MARGARET THATCHER

TFD Le chef des Anglais s'appelle madame de Fer. De même que madame Polystyrène est expansée, madame de Fer est inflexible. Elle ne bouge pas, ne plie pas, ne cille pas. Même quand son mari Gaston la baise, la dame de Fer ne bouge pas. Nous sommes là en présence d'un cas d'inflexibilité tout à fait étonnant, qui n'est pas sans rappeler celui de Mirabeau n'en sortant que par la volonté du peuple ou la force des zigounettes.

XII. *L'ÉCOLOGISTE*

TFD Brice Lalonde, on me dit que vous êtes écologiste ? Est-ce bien raisonnable ? Vous êtes un amoureux de la nature ? Je dis bravo. C'est beau. C'est sublime ! C'est même incroyable qu'un garçon aussi peu gâté par la nature soit si peu rancunier.

11 propositions de remaniement des paroles de l'hymne national

CHO 1.

Allons enfants de la patrie
Le jour de gloire est arrivé.
Liberté, liberté chérie,
Ton soleil enfin s'est levé.
Ton soleil enfin s'est levé.
Entendez-vous dans les campagnes
Retentir ces joyeux éclats
Ce sont les ris et les vivats
De nos fils et de nos compagnes.

Au travail, citoyens,
Traçons notre sillon,
Courage, allons,
Qu'un air plus pur emplisse nos poumons.

II.

Allons enfants de la gât'rie
Le jour de foire est arrivé.
Entre nous faut que j' tire mamie.
Y a mon dard tremblant qu'est levé.
Y a mon dard tremblant qu'est levé.
M' fous pas des coups dans les baballes,
J' suis gercé, faut rester sous l' drap.
L'hygiène, c'est jusque dans vos bras
Pour dégorger nos vits à la campagne.

Oh, ça, mais c'est très bien,
Faut r'mettre l'oisillon.
Lâche mon, lâche mon
Cal'çon guimp' pure
J'approch' de ton sillon.

III.

Seine-et-Marnaises et Seine-et-Marnais, entendez-vous dans nos campagnes mugir ces féroces Parisiens ? Ils viennent jusque dans nos bras égorger nos betteraves fourragères !

IV.

Entendez-vous dans nos campagnes mugir ces féroces rosbifs ? Ils viennent jusque dans nos bras écorcher nos ouïes sous l' passe-montagne.

V.

Quant à ces féroces soldats, je le dis, c'est pas pour cafter, mais n'empêche qu'y font rien qu'à aboyer dans nos campagnes.

VI.

Quant à ces féroces déménageurs, je le dis, c'est pas pour cafter, mais n'empêche qu'y font rien qu'à mugir dans nos armoires.

VII.

Quant à ces féroces soldats, je le dis, c'est pas pour mugir, mais y font rien qu'à nous déflorer les entrecôtes.

VIII.

Quant à ces féroces verrats, je le dis, c'est pas pour cafter, mais n'empêche qu'y font rien qu'à baiser dans nos campagnes.

IX.

Quant à ce féroce noroît, je le dis, c'est pas pour cafter, mais y fait rien qu'à mugir dans nos haubans.

X.

Quant à ce sang impur, je le dis, c'est pas pour cafter, mais y fait rien qu'à abreuver nos sillons.

XI.

Si les ministères concernés m'avaient fait l'honneur de solliciter mon avis quant aux paroles de *La Marseillaise*, j'eusse depuis longtemps déploré que les soldats y mugissassent et préconisé vivement que les objecteurs y roucoulassent, que les bergères y fredonnassent et que les troubadours s'y complussent.

Et puis d'abord, pourquoi un seul hymne pour tout le monde ?

5 conseils de savoir-vivre pour s'élever jusqu'aux cimes de la haute société

MSV Le savoir-vivre est la somme des interdits qui jalonnent la vie d'un être civilisé, c'est-à-dire coincé entre les règles du savoir-naître et celles du savoir-mourir.

I. COMMENT SE PRÉSENTER

« Le tendre penchant » peut se manifester à tout moment et en tout lieu, au bal, à la fête foraine, dans l'autobus, plus rarement au cours d'une mêlée ouverte dans le Tournoi des Cinq Nations.

Généralement, c'est au cours d'une valse qu'une tierce personne, camarade des deux parties et donc amie des valseuses…

Pouf, pouf.

Généralement, c'est au bal qu'une tierce personne, amie des deux parties, présente l'un à l'autre chacun des futurs tendres penchés.

Cette présentation doit se faire avec une grande simplicité. Ne pas dire : « Chère Josiane, qu'il me soit permis de vous présenter Albert Lepied, tourneur-fraiseur adjoint aux usines automobiles de l'île de la Jatte.

Cher Albert, qu'il me soit permis de vous présenter Josiane Legenou, sténodactylographe intérimaire aux usines d'armement Lamort. »

Il s'agit là d'un langage élégant certes, mais suranné et tombé en désuétude. De nos jours, les présentations se font plus sobrement, on dira donc : « Un copain. Une copine. Une copine. Un copain. »

II. *AU BAL*

LA À la fin d'une danse, il reste de bon ton, malgré l'émancipation des mœurs et l'allégement d'un code du savoir-vivre franchement dépassé, que le cavalier raccompagne sa cavalière jusqu'à sa chaise. Ou jusque sous sa chaise, s'il s'agit d'une partouze.

III. *LA CÉRÉMONIE DU MARIAGE*

MSV La cérémonie du mariage proprement dit se déroule en deux temps, à la mairie et à l'église.

La célébration à l'église est facultative au regard de la loi, mais S. S. Jean-Paul II et moi-même recommandons instamment aux jeunes gens de s'y soumettre.

En dehors de l'église, le mariage ne signifie rien ; le couple privé de la lumière divine s'étiole et se déchire, et les enfants qui en sont issus grandissent sans foi ni loi dans la rue, dans les bistrots, et même parfois aux Jeunesses musicales de France.

La cérémonie à la mairie a été simplifiée à l'extrême. Le maire ne dit plus : « Albert Lepied, voulez-vous prendre pour épouse mademoiselle Josiane Legenou ici présente ? Mademoiselle Josiane Legenou, voulez-vous prendre pour époux monsieur Albert Lepied ici présent ? »

Mais simplement : « Lepied, voulez-vous prendre Legenou, Legenou, voulez-vous prendre votre pied ? »

À cette question, chacun des deux fiancés répond « oui » s'ils sont vraiment décidés à unir leur amour pour le meilleur et pour le pire, ou « non », s'ils ont oublié d'être cons.

IV. POLITESSE

LA On ne doit pas pratiquer le baisemain dans un bureau de poste. En revanche, rien ne s'oppose à ce que nous léchions un timbre dans une gare, une brasserie, ou dans quelque lieu public consacré au sport.

LA Bien que la coutume en soit follement désopilante, il est très mal élevé d'accrocher des poissons d'avril dans le dos des petits myopathes.

V. CONSEILS PARTICULIERS AUX PERSONNES ÂGÉES

MSV Dans le train, les jeunes doivent spontanément céder leur place assise aux personnes âgées. Exceptionnellement, si, par exemple, c'est le jeune qui est debout et s'il est muni d'une barre de fer, la personne âgée sera bienvenue de lui céder sa place.

Le stress et le mal de vivre, c'est comme le jean et le disco : chez les vieux c'est grotesque. Laissez cela aux jeunes, voyons !

En toutes circonstances, effacez-vous, gémissez doucement, claudiquez sans à-coups, emmitouflez vos vieux os, gantez vos arthrites métacarpiennes disgracieuses, étouffez vos tristes toux matinales, mini misez vos cancers.

Si votre petit-fils vous demande : « Qu'est-ce que t'as là grand-mère ? », ne dites pas : « C'est un cancer récidiviste qui me ressort par le genou. » Dites : « Ça, c'est la grosse bouboule sur la papatte à Mémé ! ouh ! La grosse bouboule ! Aguiliguili la bouboulsulapatamémé ! »

De la même façon, si vous piquez, n'embrassez pas les nouveau-nés dans les berceaux. Une poignée de main suffira

4 leçons de gastronomie d'un impénitent gourmet

I. LES VINS DE TOURAINE

DSEBN Les vins de Touraine sont anticancérigènes. Les vins de Bourgueil, notamment, légers, délicatement framboisés, rouge pivoine au soleil et clairs en bouche, ne se contentent pas de susciter au palais l'esprit léger des bords de Loire. Ce fin nectar constitue en outre un véritable repoussoir à métastases. Je sais de quoi je parle, ayant toujours en cave un roulement de 300 bouteilles de bourgueil, je n'ai pratiquement jamais de cancer. D'ailleurs, je n'en aurai jamais, je suis contre la mort. L'important est de ne pas oublier de boire.

II. LE WHISKY

DSEBN Le whisky est le cognac du con.

Son bouquet évoque la salle d'emboîtage des vaccins antigrippaux de l'institut Mérieux. Additionné d'eau gazeuse, il insulte le palais de l'homme de goût qu'il éclabousse d'inopportune salaison et de bulles impies que le Champenois crache au noroît dans son mépris d'Albion.

En vieillissant, le whisky gagne en platitude ce qu'il perd en infamie. On peut y conserver ses bébés morts en bas Armagnac.

III LE POT-AU-FEU DE LION

CHO2 Prenez un lion.

Un beau lion. L'œil doit être vif. Plongez-le dans l'eau bouillante. Quand l'eau frémit, le lion aussi. S'il se sauve, faites-le revenir avec une échalote. Ajoutez au bouillon un bouquet garni. Laissez mijoter à feu doux pendant deux heures en touillant régulièrement La crinière ne doit pas attacher

Pour voir si le lion est cuit, piquez-lui son gros cul avec une fourchette. Normalement, au bout de deux heures, le lion ne doit plus rugir Ce que le dicton bantou exprime fort poétiquement : « Lion bouillu, lion foutu. »

IV. LE CHEF DE CABINET SAUCE GRIBICHE

TFD Vous prenez un bon chef de cabinet. Comptez un chef de cabinet pour vingt personnes. L'œil droit doit être vif, le cuissot dodu. N'oubliez pas d'ôter le fiel, le gésier, le cœur qui généralement est gonflé d'espérances ministérielles indigestes, et les premiers duvets qui poussent généralement au cul des sortants des écoles nationales d'administration, avant de devenir ces magnifiques queues de paon qu'on peut admirer chez nous un peu partout de l'Élysée au Lido

3 ultimes pieds de nez adressés à la Camarde

I. 4 SIGNES ANNONCIATEURS DE MORT PROCHAINE

TFD Premièrement, quand je fais ça j'ai mal ici (figure 1) et quand j'appuie là, ça m'élance d'ici à là (ouille, figure 2).

Deuxièmement, le docteur est venu hier. En m'auscultant il a dit : « Oulalalala ! Mon pauv' vieux. »

Troisièmement, j'ai Jupiter dans le Poissons.

Quatrièmement, ma femme chante plus fort dans la cuisine.

II. *ÉLOGE FUNÈBRE, MAIS PRÉMATURÉ, DE GUY BEDOS, PRONONCÉ EN SA PRÉSENCE LE 11 JANVIER 1986*

HD Guy Bedos n'est plus. La France perd le meilleur de ses fils, et la rampe le meilleur de ses feux. Que dire du désarroi qui nous broie et de la douleur qui nous noue, sinon qu'en nos cœurs l'un et l'autre cohabitent, pour reprendre le cri d'amour du crapaud ?

Oui, mesdames et messieurs, la France est en deuil et la presse tout entière en témoigne. Hormis le journal *L'Humanité* qui considère le décès de Bedos comme une manœuvre du gouvernement, pour accélérer le processus de compression du personnel du Cirque d'Hiver à la rentrée, dont les locations sont déjà ouvertes, la presse unanime, dis-je, pleure la perte du plus gouvernemental de nos tourlourous.

Tout en déplorant que Bedos eût moins d'humour que Tino Rossi, Lulu Talesida écrit dans *Libération*, je cite : « Bedos est parti. Le froid coup de poing du destin nous atteint en plein hiver, glacé comme un marron. »

Même *Minute*, où Bedos n'avait pas que des amis, trouve quelque accent de dignité sous la plume d'Adolphe de Croix-de-Feu pour exprimer la sincérité de son deuil : « Chouchou de l'intelligentsia cosmopolite de l'avenue Foch, le pétomane propalestinien Guy Bedos (né Bedosstein) vient de passer l'arme, où ça ? à gauche évidemment ! »

Guy Bedos, mesdames et messieurs, n'était pas parfait, mais il avait beau être de gauche, on ne m'ôtera pas de l'idée que c'était un honnête homme, et puis Dieu m'écartèle, si possible sous anesthésie générale, qu'y a-t-il de vraiment infamant dans le fait d'être de gauche ?

Arguant sa haine de la corrida le 27 octobre dernier sur TF1, l'exquise Stéphanie de Monaco s'écriait : « Après tout, les taureaux sont des êtres humains comme les autres. » Et à mon tour je pose bien haut la question : et les gens de gauche, ne sont-ils pas eux aussi des êtres humains comme les autres ? Comme le remarquait fort à propos Alphonse Allais, qui n'était pas la moitié d'un con, sinon il ne serait pas dans le *Larousse* : « L'important n'est pas tellement d'être de gauche ou de droite, l'important est d'être de quelque chose. »

Et finalement être de gauche, ça vous pose un homme aussi sûrement qu'être de garenne, ça vous pose un lapin. Être de gauche c'est aussi, c'est surtout savoir se dresser contre les injustices sociales chaque fois que votre calendrier des loisirs vous en laisse le temps.

Et peu d'humoristes se sont engagés dans cette voie avec autant de cœur que ce comique troupier néo-castriste dont je salue ici la dépouille mortelle, lui qui a toujours pris fait et cause pour les victimes exsangues du vampirisme capitaliste que sont les masses laborieuses, qui vont, le dos courbé sous le joug de l'impôt qui leur suce la moelle jusqu'au tréfonds du péritoine, les rendant incapables de joindre les deux bouts pour en faire un seul bout ! Les injustices sociales ne sont plus tolérables ! Guy Bedos, Dieu ait son âme, et moi-même, Dieu lâche la mienne, en avions pleinement pris conscience.

Parfois, mesdames et messieurs, j'ai honte – honte d'être un nanti, et pas seulement un nantisémite, mais un nanti tout court.

Quand je pense, rendez-vous compte, qu'en une soirée il m'arrive de gagner l'équivalent de trois mois de salaire d'un ouvrier, alors que de son vivant Guy Bedos gagnait l'équivalent de six mois de salaire d'un cadre supérieur, j'ai honte !

Aujourd'hui te voici comme alangui, Guy.

Te voici emballé dans ce suaire où tu parais plus grand couché qu'accroupi, et ma voix émue mue de te savoir si haut.

Adieu l'artiste. Va-z-en paix.

Tu peux compter sur moi, je saurai m'occuper de ta veuve et de ton cher public !

III. *AUX CROQUE-MORTS*

MSV Avant de mourir, je voudrais remercier tout particulièrement la municipalité de Pantin, où je suis né, place Jean-Baptiste-Vaquette-de-Gribeauval. Et, comme je suis né gratuitement, je préviens aimablement les corbeaux noirs en casquette de chez Roblot et d'ailleurs que je tiens à mourir également sans verser un kopeck. Écoutez-moi bien, vampires nécrophages de France : abattre des chênes pour en faire des boîtes, guillotiner les fleurs pour en faire des couronnes, faire semblant d'être triste avec des tronches de faux-cul, bousculer le chagrin des autres en leur exhibant des catalogues cadavériques, gagner sa vie sur la mort du prochain, c'est un des métiers les moins touchés par le chômage dans notre beau pays.

Mais moi, je vous préviens, croque-morts de France : mon cadavre sera piégé. Le premier qui me touche, je lui saute à la gueule.

29 questions subsidiaires

n'ayant pas trouvé leur place dans d'autres rubriques

DIV Mais que choisir ? Tout dans la vie est affaire de choix. Cela commence par : la tétine ou le téton ? Et cela s'achève par : le chêne ou le sapin ?

Fromage ou dessert ? La cigale ou la fourmi ? La bourse ou la vie ? Jacob ou Combaluzier ? Le sabre ou le goupillon ? Labourage de crâne ou pâturage de dents ? La gauche ou Mitterrand ? Un baril de merde, ou deux barils de lessive ordinaire ? Le bœuf ou l'âne gris ? La valise ou le cercueil ? La liberté ou la mort ? La guillotine ou le garrot ?

Mourir sans savoir qui va gagner : Poulidor ou Hinault ? Saint-Étienne ou Sochaux ? Les cons de la Nièvre ou les cons de l'Auvergne ? Les gros rouges ou les petits Polaks ?

Mourir avec au cœur l'immense question sans réponse : si Dieu existe, pourquoi les deux tiers des enfants du monde sont-ils affamés ? Pourquoi la Terre est-elle en permanence à feu et à sang ? Pourquoi vivons-nous avec au ventre la peur incessante de l'holocauste atomique suprême ? Pourquoi mon magnétoscope est-il en panne ?

Pourquoi ? Pourquoi ? Pourquoi ? Qui sommes-nous ? Où allons-nous ? D'où venons-nous ? Quand est-ce qu'on mange ?

Devons-nous aller gaiement à la mort ?

Ne vaut-il pas mieux être dévore de remords dans la forêt de Forbach que dévoré de morbaques dans la forêt de Francfort ?

Alors que dut-ce ? qu'ouissai-je ? Qui donc ébranlait mon huis ?

Comment reconnaître un con ? Existe-t-il des signes extérieurs de connerie ? Peut-on reconnaître un con à sa démarche ? Quelles différences y a-t-il entre un imbécile et un con ? Les cons ont-ils bon moral ? Comment vivent les cons ? Les cons militaires sont-ils plus dangereux que les autres ? Les enfants peuvent-ils etre cons ? Y a-t-il des cons célèbres ?

Dans le groupe Indochine, personne n'a le bac. Est-ce que ça les a empêchés de s'affirmer en tant que cornes de brume ?

Parmi ces quatre prénoms, un seul n'est pas ridicule. Dites lequel : *Bernard-Henri, Rika, Pierre, Jean-Edern* ?

La ligne droite est le plus court chemin d'un point à un autre (à condition que les deux points soient bien en face l'un de l'autre). Quelle est la définition de la ligne gauche ?

Quel est le surnom familier que la famille de Luxembourg a donné à l'archiduchesse Charlotte ?
Chachar ? Lolotte ? Foufounette ? Sautopaf?

D'ailleurs, je vous le demande, Françaises, Français, a-t-on jamais vu une guenon en porte-jarretelles ? Même au RPR ?

On n'a quand même pas pris la Bastille pour en faire un opéra ?

Pour un pauvre qui exulte à Berck-Plage au-dessus d'une moules-frites, combien sont prêts à avouer qu'ils prendraient un plaisir plus grand encore à Tahiti devant une langouste flambée ?

Qu'y a-t-il chez Jean Daniel qui éteint en moi toute velléité de lui proposer la botte ?

Si on ne devait parler que de ce qu'on a vu, est-ce que les curés parleraient de Dieu ? Est-ce que le pape parlerait du stérilet de ma belle-sœur ? Est-ce que Giscard parlerait des pauvres ? Est-ce que les communistes parleraient de liberté ?

Au fait, sommes-nous sûrs de la non-négritude de Napoléon ? Réfléchissons : qu'est-ce qui différencie un Noir d'un Blanc à part la couleur de la peau et l'intelligence qui n'est pas la même chez Denise Fabre et Léopold Sédar Senghor ? La différence, la grande différence, c'est la morphologie genitale dont les meilleurs specialistes s'accordent à affirmer qu'elle joue nettement en faveur du Noir en ce qui concerne les mensurations. Bien. Je n'affirme pas que Napoleon soit un nègre. Simplement je pose la question à votre avis, qu'est-ce qu'il chatouillait du matin au soir sous son gilet ?

Dans un mois, si tout va bien et si le temps le permet c'est la guerre, d'accord ? Dans cinq ans, c'est la Liberation. Que n'attendez-vous jusque-là pour vous faire tondre ?

Et puis merde, quand, par malheur, un berger allemand se farcit un bébé-tartare dans un berceau, qui nous dit que ce n'est pas le bébé qui a commencé ?

Mais alors, direz-vous, pourquoi cet imbécile nous boursoufle-t-il le cortex avec un sujet qui le préoccupe encore moins que nous ? Pourquoi, au lieu de nous parler de fringues, ne nous parle-t-il pas plutôt d'amour, comme il le fait si bien ? D'autant que pour bien le pratiquer, l'amour, la première chose à faire n'est-elle pas de se débarrasser de ses fringues ?

Que fait Mme Seguin pendant que son mari est dans sa chèvre ?

Si c'est les meilleurs qui partent les premiers, que penser alors des éjaculateurs précoces ?

En tant que voie d'accès à l'émancipation morale sans prise de conscience structurale au niveau du vécu libertaire, peut-on admettre que l'application de la liberté sexuelle dans les étables ougandaises est la porte ouverte à tous les zébus ?

Peut-on apprivoiser une huître ?

Quand je pense à Fernande, que dois-je faire ?

Vous êtes belle comme un taxi, vous permettez que je vous appelle un taxi ?

Mais où avez-vous vu qu'elle était respectable, la personne humaine ?

Vous avez entendu chanter Francis Lalanne ?

Vous avez entendu penser un footballeur ?

Vous avez vu les yeux morts des terrifiants zombies à chapeau mou alignés devant les chars apocalyptiques des 1er mai moscovites ?

Avez-vous entendu le décérébré radiophonique meugler les résultats du « Top 50 » ?

Avez-vous reniflé les effluves de sang lourd épanché du taureau sacrifié au crétin bariolé qui brandit sa queue fauve au nez des connes humides des étés madrilènes ?

Avez-vous touché du doigt le fin fond de la bassesse au front des marchands de femmes accroupies ?

Avez-vous, sans bouillir, essayé Génie ?

Vous avez lu *Télé 7 jours* ?

Vous vous êtes regardés ?

Vous m'avez vu dans la glace ?

Qu'est-ce qu'elles lui trouvent toutes, à Paul Newman ?

Qu'est-ce qu'il a de plus que moi, Paul Claudel ?

Qu'est-ce qu'il a de plus que moi qui vous troue les nippes… Pouf, pouf, qui vous noue les tripes ?

Mais enfin, ne devinez-vous pas, foule ingrate et futile, ne comprenez-vous pas que sous le nez rouge du clown, c'est le cœur gonflé d'amour d'un être exquis et doux et qui bat tout bas, qui bat tout bas, qui bat tout bas ?

Et l'intelligence, c'est du poulet ?

7 analyses de haute teneur philosophique,

parce que tout de même, je vous en prie

I. RAISONNEMENT AUX DÉPENS D'UN PUBLICITAIRE

TFD Jacques Séguéla est-il un con ?

La question reste posée. Et la question restant posée, il ne nous reste plus qu'à poser la réponse. Jacques Séguéla est-il un con ? De deux choses l'une : ou bien Jacques Séguéla est un con, et ça m'étonnerait tout de même un peu, ou bien Jacques Séguéla n'est pas un con, et ça m'étonnerait quand même beaucoup.

Supposons que Jacques Séguéla soit un con. Je dis bien « supposons ». Et j'y tiens. Car jamais, mesdames et messieurs les jurés, car jamais, monsieur le président, jamais et nous le savons, et pas seulement de Marseille, jamais je ne me permettrais, sans preuves, d'insulter un prévenu, même et surtout quand il s'agit comme aujourd'hui d'un handicapé publicomaniaque de type Napoléon de gouttière minable et incurable, confit dans sa suffisance et bloqué dans sa mégalomanie comme un marron dans le cul d'une dinde. Oui, je sais, la comparaison est ordurière et je prierai le syndicat des dindes ainsi que le Denise Fabre fan-club de bien vouloir m'en excuser.

Supposons que Jacques Séguéla soit un con. Je répète, « supposons ». Car seule l'autopsie pourra nous le révéler à coup sûr. Si Jacques Séguéla est un con et que je le dis froidement, comme ça : « Jacques Séguéla est un con. » Que se passe-t-il ? Eh bien, mesdames et messieurs les jurés, il se passe qu'en vertu des lois démocratiques qui régissent ce pays, cet homme est en droit de me traîner en justice pour divulgation d'un secret militaire ! Parfaitement ! En 1939 déjà, tout le monde, en France, savait que le général Gamelin était un con, sauf les militaires. C'est ça, un secret militaire. De même, mesdames et messieurs, il ne fait aucun doute qu'aujourd'hui, si Jacques Séguéla est un con, il ne fait aucun doute, dis-je, que tout le monde, en France, s'en est déjà aperçu, sauf les militaires. Et les socialistes, évidemment, qui n'avaient déjà pas tout compris, pour Gamelin, mais, bon, on n'est pas là pour enfoncer les charlots.

Supposons maintenant que Jacques Séguéla ne soit pas un con. C'est une simple supposition. Si Jacques Séguéla n'est point un con, et que moi, Pierre Desproges, j'affirme le contraire sur l'antenne. Si je dis : « Moi, Pierre Desproges, j'affirme que Jacques Séguéla est un con », que se passe-t-il, mesdames et messieurs les jurés ? Eh bien, c'est très simple : Jacques Séguéla me traîne en justice pour diffamation. Et qui c'est qu'a l'air d'un con ? Lui ou moi ? Imaginons la scène. Jacques Séguéla va voir un juge, un vrai juge, et il lui dit : « M'sieur, y a Desproges, eh ben, y fait rien qu'à dire qu'on est un con. » Et que répond le vrai juge ? Vous croyez peut-être qu'il répond : « C'est çui qui l' dit qui y est » ? Pas du tout ! Le juge me condamne et colle trois briques d'amende à Claude Villers, qui est finalement le seul responsable après Dieu de toutes les insanités ordurières proférées à longueur de journée dans ce prétoire. Laisserai-je commettre cette infamie ? Laisserai-je punir un homme pour une faute que j'aurais commise ? Laisserai-je la justice de mon pays accabler mon Cloclo juste et bon à qui je dois tant et qui m'a sorti de la médiocrité télévisuelle où je stagnais pour me plonger dans la nullité radiophonique où j'exulte ? Non, Claude, mon frère, je ne le ferai pas ! Non, mesdames et messieurs, je ne le ferai pas. Ce serait inique, et même si y nique pas, c'est pas de sa faute, elle est si minuscule… C'est extrait d'un poème de Lamartine :

Elle est si minuscule…
La vie qui passe au cœur des hommes et qui s'enfuit,
Comme sur l'onde amère où l'écume s'estompe
Le vieux marin trop ivre face au ciel à minuit
Secouant sa nouille au vent, en gerbant sur ses pompes.

Tout cela est bien joli – c'est même superbe – mais nous le savons, et pas seulement à la lanoline qui garde à mon visage son irrésistible jeunesse et qui retarde le vieillissement des cellules de mes fesses, nous le savons, disais-je avant d'être assez grossièrement interrompu par moi-même, nous le savons. Et que savons-nous ? Rien. Et nous ne savons toujours pas avec certitude si Jacques Séguéla est ou n'est pas un con.

Il y a moins d'un an, Jacques Séguéla a souhaité retirer de l'antenne une émission dont j'étais responsable. Il était mécontent des conneries proférées non pas par moi mais par lui dans cette émission (voir plusieurs journaux, dont *Le Quotidien* et *Libération* du 24 novembre 1981). Personnellement, je ne lui en tiens pas rigueur. On a tous des petits travers, lui, c'était son petit côté « La censure lave plus blanc ». Et surtout, surtout, le fait de regretter d'avoir dit des conneries n'est pas la preuve qu'on est con soi-même ! C'est même exactement le contraire ! Ce qui me chiffonne un peu, ce qui me gêne pour vous,

Jacques Séguéla, qui êtes tout le contraire d'un con, comme je viens de le démontrer avec un brio qui m'étonne moi-même, ce qui me gêne c'est que, aujourd'hui encore, dans cette émission, vous venez de dire pas mal de conneries. Je ne saurais donc trop vous recommander d'exiger l'interdiction de cette émission du *Tribunal des flagrants délires*, ne serait-ce que pour la formidable publicité que ne manqueront pas de vous faire à cet égard mes nombreux amis journalistes qui se sont déplacés aujourd'hui tout exprès pour venir admirer ici le plus génial publiciste de France, l'homme qui a su mieux que personne rehausser le vinaigre algéro-italien au rang de saint-émilion, la merde en boîte au niveau du cassoulet toulousain, et le revenant de la Quatrième au rang d'homme providentiel.

II. PEUT-ON RIRE DE TOUT ?

VH Il faut rire de tout. C'est extrêmement important. C'est la seule humaine façon de friser la lucidité sans tomber dedans.

Jean Moulin disait…

Merde. Que disait Jean Moulin ?

Ah oui. Jean Moulin disait : « Serré, pour moi, l'expresso, madame Germaine. »

C'était en juin 1943, à Lyon, quelques jours avant sa mort.

J'en ris encore.

Le rire. Parlons-en, et parlons-en maintenant. Les questions qui me hantent sont celles-ci :

Peut-on rire de tout ?

Peut-on rire avec tout le monde ?

À la première question, je répondrai oui sans hésiter. S'il est vrai que l'humour est la politesse du désespoir, s'il est vrai que le rire, sacrilège blasphématoire que les bigots de toutes les chapelles taxent de vulgarité et de mauvais goût, s'il est vrai que ce rire-là peut parfois désacraliser la bêtise, exorciser les chagrins véritables et fustiger les angoisses mortelles, alors, oui, on peut rire de tout, on doit rire de tout. De la guerre, de la misère et de la mort. Au reste, est-ce qu'elle se gêne, elle, la mort, pour se rire de nous ? Est-ce qu'elle ne pratique pas l'humour noir, elle, la mort ? Regardons s'agiter ces malheureux dans les usines, regardons gigoter ces hommes puissants boursouflés de leur importance, qui vivent à cent à l'heure. Ils se battent, ils courent, ils caracolent derrière leur vie, et tout d'un coup, ça s'arrête, sans plus de raison que ça n'avait commencé, et le militant de base, le pompeux PDG, la princesse d'opérette, l'enfant qui jouait à la marelle dans les caniveaux de Beyrouth, toi aussi à qui je pense et qui as cru en Dieu jusqu'au bout de ton cancer, tous, tous nous sommes fauchés un jour par le croche-pied rigolard de la mort imbécile, tandis que les droits de l'homme s'effacent devant les droits de l'asticot. Alors quelle autre échappatoire que le rire, sinon le suicide, poil aux rides ?

Donc on peut rire de tout, y compris de valeurs moins sacrées, comme par exemple, le grand amour que vit actuellement le petit roi inamovible de la défense passive, ici présent. Elle s'appelle Marika, c'est la seule Aryenne au monde qui peut le supporter, ce qu'on comprendra aisément quand on saura qu'il s'agit de la poupée gonflable en peau de morue suédoise que sa tata Rodriguez lui a envoyée de Lisbonne en paquet fado.

Deuxième question : peut-on rire avec tout le monde ?

C'est dur… Personnellement, il m'arrive de renâcler à l'idée d'inciter mes zygomatiques à la tétanisation crispée. C'est quelquefois au-dessus de mes forces, dans certains environnements humains : la compagnie d'un stalinien pratiquant me met rarement en joie. Près d'un terroriste hystérique, je pouffe à peine, et la présence à mes côtés d'un militant d'extrême droite assombrit couramment la jovialité monacale de cette mine réjouie dont je déplore en passant, mesdames et messieurs les jurés, de vous imposer quotidiennement la présence inopportune au-dessus de la robe austère de la justice sous laquelle je ne vous raconte pas. Attention, ne vous méprenez pas sur mes propos, mesdames et messieurs les jurés : je n'ai rien contre les racistes, c'est le contraire, comme dirait mon charmant ami le brigadier Georges Rabol qui, je le précise à l'intention des auditeurs qui n'auraient pas la chance d'avoir la couleur, est presque aussi nègre que pianiste. Dans *Une journée particulière*, le film d'Ettore Scola, Mastroianni, poursuivi jusque dans son sixième par les gros bras mussoliniens, s'écrie judicieusement à l'adresse du spadassin qui l'accuse d'antifascisme : « Vous vous méprenez, monsieur : ce n'est pas le locataire du sixième qui est antifasciste, c'est le fascisme qui est antilocataire du sixième. » [...]

En un mot comme en cent, chers habitants hilares de ce monde cosmopolite, je conclurai ma réflexion zygomatique en répétant inlassablement qu'il vaut mieux rire d'Auschwitz avec un Juif que jouer au Scrabble avec Klaus Barbie.

III. *L'AMBITION DE FAIRE RIRE*

CHO Relisons ensemble cette sentence digne de figurer au fronton du mausolée à la gloire du connard inconnu mort pour la transe :

« C'est un film qui n'a pas d'autre ambition que celle de nous faire rire. »

Ce qui (sans génie, je vous l'accorde) me fait bouillir, c'est qu'un cuistre ose rabaisser l'art, que dis-je, l'artisanat du rire au rang d'une pâlotte besognette pour façonneur léthargique de cocottes en papier.

Qu'on me comprenne. Je ne plaide pas pour ma chapelle. D'ailleurs, je ne cherche pas à vous faire rire, mais seulement à nourrir ma famille en ébauchant ici, chaque jour, un grand problème d'actualité : ceci est une chronique qui n'a pas d'autre prétention que celle de me faire manger.

Mais qui es-tu, zéro flapi, pour te permettre de penser que le labeur du clown se fait sans la sueur de l'homme ? Qui t'autorise à croire que l'humoriste est sans orgueil ? Mais elle est immense, mon cher, la prétention de faire rire. Un film, un livre, une pièce, un dessin qui cherchent à donner de la joie (à vendre de la joie, faut pas déconner), ça se prépare, ça se découpe, ça se polit. Une œuvre pour de rire, ça se tourne, comme un fauteuil d'ébéniste, ou comme un compliment, je ne sais pas si tu vois ce que je veux dire avec ce trou béant dans ta boîte crânienne... Molière, qui fait toujours rire le troisième âge, a transpiré à en mourir. Chaplin a sué. Guitry s'est défoncé. Woody Allen et Mel Brooks sont fatigués, souvent, pour avoir eu, vingt heures par jour, la prétention de nous faire rire. Claude Zidi s'emmerde et parfois se décourage et s'épuise et continue, et c'est souvent terrible, car il arrive que ses films ne fassent rire que lui et deux charlots sur trois. Mais il faut plus d'ambition, d'idées et de travail pour accoucher des *Ripoux* que pour avorter de films fœtus à la Duras et autres déliquescences placentaires où le cinéphile lacanien rejoint le handicapé mental dans un même élan d'idolâtrie pour tout ce qui ressemble de près ou de loin à de la merde.

Pauvre petit censeur de joie, tu sais ce qu'il te dit monsieur Hulot ?

IV. *DISCOURS SUR L'INÉGALITÉ ADRESSÉ À INÈS DE LA FRESSANGE*

TFD2 « Les hommes naissent tous libres et égaux en droits. » Qu'on me pardonne, mais c'est une phrase que j'ai beaucoup de mal à dire sans rire. « Les hommes naissent tous libres et égaux en droits. » Prenons cette femme. (C'est une image, madame. Loin de moi l'idée de vous prendre ici, dans ce box trop exigu pour les cent quatre-vingt-un centimètres de splendeurs nacrées qui composent, en tout bien tout honneur, votre principale source de revenus.)

Prenons cette femme. Elle est belle. La beauté… Existe-t-il au monde un privilège plus totalement exorbitant que la beauté ?

Par sa beauté, cette femme n'est-elle pas un petit peu plus libre et un petit peu plus égale, dans le grand combat pour survivre, que la moyenne des *homo sapiens* qui passent leur vie à se courir après la queue en attendant la mort ?

Quel profond imbécile aurait l'outrecuidance de soutenir, au nom des grands principes révolutionnaires, que l'immonde boudin trapu qui m'a collé une contredanse tout à l'heure possède les mêmes armes pour asseoir son bonheur terrestre que cette grande fille féline aux mille charmes troubles où l'œil se pose et chancelle avec une bienveillante lubricité contenue ? (Difficilement contenue.)

Quand on a vos yeux, madame, quand on a votre bouche, votre grain de peau, la légèreté diaphane de votre démarche et la longueur émouvante de vos cuisses, c'est une banalité de dire qu'on peut facilement traverser l'existence à l'abri des cabas trop lourds gorgés de poireaux, à l'écart de l'uniforme de contractuelle et bien loin de la banquette en Skaï du coin du fond de la salle de bal où le triste laideron, l'acné dans l'ombre, cachant dans sa main triste et grise le bout de son nez trop fort, transie dans sa semi-laideur commune, embourbée dans sa cellulite ordinaire et engoncée dans ses complexes d'infériorité, ne sait que répondre au valseur qui l'invite : « Je peux pas. Je garde le sac à ma copine. »

Et encore, le boudin con ne souffre pas. Mais il y a le boudin pas con. Le boudin avec une sensibilité suraiguë. Le boudin qui est beau du dedans. Le boudin qui a dans sa tête et qui porte dans son cœur sa beauté prisonnière, comme ces gens du Nord de la chanson qui ont dans leurs yeux le bleu qui manque à leur décor.

Pourtant, Dieu me tripote (merci mon Dieu), la différence est mince entre une beauté et un boudin. Quelques centimètres de plus ou de moins, en long ou en large, quelques millimètres de plus ou de moins entre les deux yeux, quelques rondeurs ou aspérités en plus ou en moins par-ci par-là autour des hanches ou dans le corsage. Des détails. Et à ces détails près, quelle différence y a-t-il entre Inès de la Fressange, star à frou-frou pour emplumes saturés d'or du gotha, et Yvette Le Crouchard, tourneuse-fraiseuse sur machine-outil dans la Seine-Saint-Denis ?

À y regarder de plus près, elles sont étonnamment semblables. Elles possèdent l'une et l'autre le même nombre de fesses et le même nombre de seins. Les longueurs ajoutées de leur intestin grêle et de leur gros intestin atteignent approximativement huit mètres et demi, une fois dépliés et étirés. L'une et l'autre affichent au thermomètre anal une température moyenne de trente-sept degrés deux, et le corps de l'une comme le corps de l'autre contient grosso modo 70 % d'eau et 30 % de viandes diverses dont certaines, sous l'impulsion salutaire d'influx nerveux variés, leur permettent, au choix, de jouer des coudes, de cligner de l'œil, d'attraper l'autobus, voire de baisser leur culotte sans le secours des voisins en cas d'urgence uro-génitale.

J'espère que je ne vous choque pas, madame. Vous auriez tort d'être choquée. D'après une étude approfondie et effectuée récemment par mes soins auprès des familiers du Tout-Hollywood des années 60, je suis en mesure d'affirmer aujourd'hui que même Marilyn Monroe, aussi surprenant que cela paraisse, même Marilyn Monroe faisait pipi… Étonnant, non ?

Ainsi, il est vrai que les similitudes l'emportent sur les dissemblances entre deux êtres humains. L'âge lui-même n'est rien, chère Inès, si ce n'est que, selon toute probabilité, les asticots auront fini de picorer la guêpière de ma grand-mère quand ils entameront votre ultime robe du soir.

V. *L'HUMANITÉ CLASSÉE EN 5 CATÉGORIES*

CHO *Les amis* se comptent sur les doigts de la main du baron Empain, voire de Django Reinhardt, pour les plus misanthropes. Ils sont extrêmement rares et précieux. On peut faire du vélo avec eux sans parler pendant que le soir tombe négligemment sur les champs de blé, et on n'a même pas mal dans les jambes dans les côtes.

La caractéristique principale d'un ami est sa capacité à vous décevoir. Certes, on peut être déçu par la gauche ou par les performances de l'AS Saint-Étienne, mais la déception profonde, la vraie, celle qui peut vous faire oublier le goût des grands saint-émilion, ne peut venir que d'un véritable ami. […]

Les copains se comptent sur les doigts de la déesse Vishnou qui pouvait faire la vaisselle en applaudissant le crépuscule. Ils déçoivent peu car on en attend moins, mais c'est quand même important qu'ils pensent au saucisson quand le temps se remet aux déjeuners sur l'herbe et qu'ils viennent se serrer un peu pour faire chaud quand le petit chat est mort, ou pour faire des révérences à l'enfant nouveau. Les bons copains se comprennent à demi-mot. Il règne entre eux une complicité de tireurs de sonnettes qu'entretient parfois l'expérience du frisson.

Les relations se comptent sur les doigts des chœurs de l'Armée rouge. Mais on sera bien venu de n'entretenir que les bonnes, celles sur lesquelles on peut s'appuyer sans risquer de tomber par terre.

Quand on n'a pas de glaïeuls, certaines relations peuvent faire très joli dans les soirées mondaines, à condition qu'elles soient célèbres ou stigmatisées de la Légion d'honneur. Il suffit alors de les appeler coco et de les embrasser gaiement, comme si on les aimait, et comme cela se fait dans mon milieu. Le commun ne manquera pas de s'esbaudir.

Il arrive que certaines relations soient susceptibles de se muer en amitiés, mais le temps n'a pas tout le temps de prendre à temps le temps de nous laisser le temps de passer le temps.

[...]

Les gens qu'on connaît pas, les doigts nous manquent pour les compter. D'ailleurs, ils ne comptent pas. Il peut bien s'en massacrer, s'en engloutir, s'en génocider des mille et des cents chaque jour que Dieu fait (avec la rigueur et la grande bonté qui l'ont rendu célèbre jusqu'à Lambaréné), il peut bien s'en tronçonner des wagons entiers, les gens qu'on connaît pas, on s'en fout.

[...]

Je verrais bien une cinquième catégorie où s'inscrirait, unique, la femme qu'on aime sur le bout des doigts. Parce qu'on la connaît par cœur.

VI. *PROPOS SUR LE BONHEUR*

DIV Le bonheur est une sensation étrange et fugace, hélas, car elle ne dure qu'une fraction de seconde. Après quoi, tout retombe.

DIV Les plus grands penseurs de notre histoire ont écrit des choses passionnantes à propos du bonheur : « Le bonheur est fait des malheurs qu'on n'a pas. » (Je ne sais plus très bien si c'est Montaigne ou Malherbe qui a dit cela.) Ou encore : « Les gens malheureux ne connaissent pas leur bonheur. » (Là, je ne sais plus très bien si c'est Descartes ou moi.)

[...]

Comme l'argent, l'amour ne fait pas le bonheur, mais il y contribue. Qui ne s'est jamais senti délicieusement transpercé par l'aiguillon du bonheur, auprès de l'être aimé ? Instant fragile et sublime où les amants front contre front, bouche contre bouche, les yeux dans les yeux, les mains dans les mains, la zigounette dans le pilou-pilou, ne pensent plus qu'à ce bonheur ardent qui les transporte jusques aux cieux inconnus de la félicité, alors que leurs regards s'embuent de larmes et que leurs corps frémissent de là à là, voir figure 2.

À cet instant privilégié entre tous dans l'idylle d'un couple, les amants sont seuls au monde, ils oublient tout ce qui n'est pas eux : la faim dans le monde, la guerre qui menace, le cancer, la peur des grandes cités, le terrorisme, la défaite de Saint-Étienne, etc., etc. Alors, le poète s'écrie : « Ô temps, suspends ton vol ! », cri sublime et désespéré de l'homme qui voudrait retenir son bonheur alors même que le vent de la vie l'emporte au loin dans la nuit froide de l'oubli ! Et la mer efface sur le sable les pas des amants désunis comme un p'tit coquelicot mon âme, comme un p'tit coquelicot, voir figure 3.

DIV Le bonheur n'est pas réservé à l'élite, encore qu'on puisse le regretter, dans la mesure où, comme le disait si justement saint Vincent de Paul : « Il ne suffit pas d'être heureux. Encore faut-il que les autres soient malheureux. »

L'aile veloutée du bonheur peut même entourer de ses plumes sucrées des êtres frustes et vulgaires qu'on eût crus à première vue plus doués pour les travaux manuels que pour la félicité de l'âme. Certes, chez ces gens-là, le bonheur vole au ras des pâquerettes. Je le dis sans mépris aucun, d'ailleurs la pâquerette n'est-elle point une créature de Dieu, au même titre que l'oiseau, le nuage, la mer, qui couvre les abysses, le mazout, qui couvre la mer ? Même Lecanuet est une créature de Dieu, sauf les dents qui sont de chez Paul Beuscher.

Un être d'élite, armateur ou promoteur immobilier par exemple, est capable de ressentir une forme de bonheur à la vue d'un coucher de soleil flamboyant au-dessus de la baie de Rio ; mais si nous montrons la même féerie à un pauvre, ce dernier ne manifestera au mieux qu'un ennui poli devant la splendeur crépusculaire de l'astre du jour. Au reste, vous en connaissez, vous, des pauvres qui vont à Rio en vacances ? Vous me direz : il y a des pauvres à Rio même. Eh bien, eux non plus ne regardent pas le coucher de soleil. Ils ne lèvent même pas le regard vers le ciel. Forcément : leur bonheur, ils le cherchent tête basse, au fond des poubelles.

DIV Pourquoi l'idée que ses enfants souffrent lui est-elle si complètement insupportable, alors qu'il dort, dîne et baise en paix quand ceux des autres s'écrasent en autocar, se cloquent au napalm, ou crèvent de faim sur le sein flapi d'une négresse efflanquée ?

DIV – On s'a endormi, dit la plus petite hébétée qu'un voisin découvre à la nuit, assise au milieu du jardin, échevelée, bouffie de torpeur, ronronnante.

Elles avaient joué au sous-marin noir dans le grand placard de leur chambre. Saturées d'air du large et de soleil lourd, elles avaient succombé au sommeil sur un tapis roulé, de l'autre côté de la porte close.

– Mais où étiez-vous ? hurle-t-il dans un cri métallique de colère brisée.

– Où étiez-vous, suffoque la mère, vacillante sous la violence intolérable du soulagement qui la submerge, comme un scaphandrier d'apocalypse trop brutalement remonté des enfers.

– On s'a endormi.

– Nous nous sommes endormies, rectifie-t-il, un dixième de seconde avant de concevoir assez honteusement l'ampleur, l'incongruité et la sottise pédagogique de sa remarque.

C'est congénital. Il a toujours eu un respect profond, presque craintif, pour la langue, la grammaire, la syntaxe, le vocabulaire et toutes ces conneries. À la maternelle, déjà, il ne disait plus « cacaboudin la maîtresse en maillot de bain », mais « la chair est triste hélas, et j'ai lu tous les livres ».

– Papa, on s'a fait violer.

– On s'est fait violer.

Enfin, bon, elles s'avaient endormi, elles s'avaient réveillé, et les voici qui torturent en piaillant des langoustines défuntes qu'elles écartèlent pour s'en gaver sous la lune que la mer endormie réfléchit brillamment.

– Au secours, docteur, je ressens comme un point, là.

– Faites voir… Ah oui, je vois ce que c'est ; c'est un bonheur insupportable.

– Ah ! bon.

VII. PROVERBE AQUAPHILE

VH Le temps est comme la cascade.
Tu ne l'empêcheras pas de couler
Mais tu peux t'y tremper pour jouir
Et pour y boire à ta santé.

Du même auteur

Manuel de savoir-vivre
à l'usage des rustres et des malpolis
Seuil, 1981
et « Points », n° P401

Les Grandes Gueules par deux
(en collaboration avec Patrice Ricord
et Jean-Claude Morchoisne)
L'Atelier, 1981

Pierre Desproges se donne en spectacle
Papiers, 1986

Vivons heureux en attendant la mort
Seuil, 1983, 1991, 1994
et « Points », n° P384

Dictionnaire superflu
à l'usage de l'élite et des bien nantis
Seuil, 1985
et « Points », n° P403

Des femmes qui tombent
roman
Seuil, 1985
et « Points », n° P479

Chroniques de la haine ordinaire, vol.1
Seuil, 1987, 1991
et « Points », n° P375

Textes de scène
Seuil, 1988
et « Points », n° P433

L'Almanach
Rivages, 1989

Fonds de tiroir
Seuil, 1990
et « Points », n° P1891

Les étrangers sont nuls
Seuil, 1992
et « Points », n° P487

La Minute nécessaire de monsieur Cyclopède
Seuil, 1995
et « Points », n° P348

Les Bons Conseils du professeur Corbiniou
Seuil/Nemo, 1997

La seule certitude que j'ai, c'est d'être dans le doute
Seuil, 1998
et « Points », n° P884

Le Petit Reporter
Seuil, 1999
et « Points », n° P836

Les Réquisitoires du Tribunal
des flagrants délires, vol. 1
Seuil, 2003
et « Points », n° P1274

Les Réquisitoires du Tribunal
des flagrants délires, vol. 2
Seuil, 2003
et « Points », n° P1275

Chroniques de la haine ordinaire, vol. 2
Seuil, 2004
et « Points », n° P1684

L'Agenda Desproges 2008
Seuil, 2007

Tout Desproges
(intégrale)
Seuil, 2008

Audiovisuel

Pierre Desproges, portrait
Canal + Vidéo, cassette vidéo, 1991

Les Réquisitoires
du Tribunal des flagrants délires
Tôt ou tard, CD, 6 volumes, 2001

Chroniques de la haine ordinaire
Tôt ou tard, CD, 4 volumes, 2001

Pierre Desproges « en scène » au théâtre Fontaine
Tôt ou tard, CD, 2001

Pierre Desproges « en scène » au théâtre Grévin
Tôt ou tard, CD, 2001

Pierre Desproges « abrégé »
Tôt ou tard, 3 CD, 2001

Pierre Desproges – coffret
Les Réquisitoires du Tribunal des flagrants délires
Chroniques de la haine ordinaire
Pierre Desproges « en scène » au théâtre Fontaine
Pierre Desproges « en scène » au théâtre Grévin
Tôt ou tard, 12 CD, 2001

Pierre Desproges « en images »
L'Indispensable Encyclopédie de Monsieur Cyclopède
Desproges est vivant (portrait codicillaire) –
Intégrale de l'entretien
avec Y. Riou et Ph. Pouchain : « La seule certitude
que j'ai, c'est d'être dans le doute… »
Les spectacles : Théâtre Fontaine 1984/
Théâtre Grévin 1986
Les Grandes Obsessions desprogiennes
Tôt ou tard, 4 DVD, 2002

Pierre Desproges. Site officiel :
www.desproges.fr

RÉALISATION : CURSIVES À PARIS
IMPRESSION : S.N. FIRMIN-DIDOT AU MESNIL-SUR-L'ESTRÉE
DÉPÔT LÉGAL : MARS 2008. N° 97522 (8910))
IMPRIMÉ EN FRANCE